透明な夜の香り

千早茜

集英社

contents

透明な夜の香り

1
Top Note

花の色がつよい。

鮮やかな赤が目を刺して、足が止まる。

あと一歩で外。あと一歩で日陰から出る。光や色のまぶしさに目がくらむのは、いつだってそういうときだ。そして、私はいつも躊躇《ちゅうちょ》してしまう。

単身用アパートの狭い廊下で立ちつくしていると、一階奥のドアから出てきた女性が足早に追い越していった。大きくふくらんだ紙袋が苛立《いらだ》ったようにぶつかる。

よろめいて、アパートの壁に肩が触れた。のっぺりしたコンクリートの冷たさが伝わってくる。温めても温めても、熱を吸い込んでいくだけの、しんと確立した無表情な冷たさ。身体の底に同じ冷たさがある。そこから、記憶がゆっくりと這いあがってくる気配を感じた。

うつむくと、たったいま自分が下りてきた階段が目に入った。白い光が最後の段にじわじわと手を伸ばそうとしている。やっぱり部屋に戻ろう。日が暮れてから出直せばいい。この季節はまぶしすぎる。

「あんた、大丈夫？」

声をかけられて顔をあげる。蔓薔薇《つるばら》の根元にしゃがみ込む大家さんの丸い背中が見えた。片手で腰をとんとん叩きながら立ちあがる。立ちあがっても背は丸い。もう一方の手には雑草や枯れた葉っぱが握られている。

大家さんの背後には、無機質なアパートにはそぐわない英国風の湾曲したアーチと垣根があり、緑の葉を茂らせた蔓薔薇がびっしりと巻きついている。かたく閉じていた蕾《つぼみ》は、しばらく見ないうちに大輪の花になっていた。ふんだんに咲きほこる花たちは、真っ赤なペンキをぶちまけたようで目がちかちかする。薔薇は裏に住む、大家さんの趣味だ。

よっこいしょ、と言いつつもしっかりした足取りで大家さんが近づいてくる。紫色に染めた白髪をヘアネットで覆い、年中エプロン姿だ。

「やっと別れたみたいだね」

なんのことかわからず曖昧な返事をする。返事といってもうまく声がでず、言葉になっていない音の塊のような返事。大家さんは聞こえていないのかまったく気にせず、「見たかい、あの大荷物。般若《はんにゃ》みたいな顔して出ていったよ」と一階から出てきた女性が歩き去ったほうに顎をしゃくった。

「102の高田さんとこに通っていた女だよ」

察しの悪い私にやきもきしたのか、早口で耳打ちする。

「ほら、ここんところ毎晩、喧嘩ばっかりだったじゃないか。うるさいったらなかったよ。これでやっと静かになる。しかし、高田さんも困ったもんだよねえ、奥さんも子供もいるってのに。いくら単身赴任中だからって、あんなにおおっぴらに連れ込むなんてさあ」

そう言われてみれば諍《いさか》う声が聞こえていたな、と思いながら、大家さんの口のまわりの皺《しわ》が伸びたり縮んだりするのを見つめた。あれは夜だったのか。カーテンを閉めきった部屋では昼夜の感覚がなくなる。

ふっと、大家さんが私を見上げた。

「あんた、ひさびさに顔見るね」

人と目が合うとぎくっとする。唾を飲み込んで、「そうですか」と笑みを作る。大家さんは毎日、蔓薔薇の手入れを欠かさない。蔓薔薇のまわりをうろうろと歩き、アパート住人の動向を観察している。他人のことが気になる人間の洞察力はあなどれない。嘘をついたってすぐに見抜かれる。

「どこいくんだい」

「ちょっと買い物に」

財布と携帯しか入っていない布のエコバッグを持ちなおす。大家さんが私の上から下までじろじろと見まわした。古びたスニーカーに、高校のときから着ているパーカー。縞のTシャツワンピースはくびまわりがだらしなく伸びて、寝巻きと思われても仕方ない感じだ。すっぴんを隠すために眼鏡をかけ、リップクリームすら塗っていない。買い物といってもせいぜいスーパーくらいしか行けない格好だし、スーパーくらいしか行く場所もない。

しばらく大家さんの噂話に相槌を打ち、頃合いを見て「では、失礼します」と蔓薔薇のアーチをくぐった。背後に視線を感じた。仕事をしていないことはきっともうばれている。

　住宅街を歩く。立ち話をする間に少しは慣れたかと思ったのに、やはり日光がまぶしい。風に揺れる新緑の葉が光を細切れにして四方八方へとばらまく。ふんだんな太陽光の中ではひとつひとつの輪郭がくっきりとしすぎていて、目をあけているだけで世界が押し寄せてくるようだ。眼球の裏がきりきりと痛む。部屋にこもりきりで目が弱くなったのだろうか。灰色のアスファルトだけを見つめて歩を進めると、前からきた自転車にけたたましくベルを鳴らされた。避けられない。首を縮めて、じっと自転車が行き過ぎるのを待つ。

　横断歩道でも、青信号への反応が並んでいた誰よりも遅かった。シルバーカーを押す老人の数歩後ろをのろのろと歩き、信号が点滅しだした頃にやっと渡りきった。

　思いたち、まわり道をして、駅前の本屋の前を通る。横目で中をうかがう。毎日のように通っていた職場は、本棚の並びもポスターも変わっていて知らない店のようだった。元同僚のさつきちゃんが常連のお客さんと談笑していた。話しながらも手は休まず、乱れた雑誌棚を整えている。シャツにチェックのベスト、紺色のスカート。あの制服を着ていた自分がうまく思いだせない。どんな顔をしていたのか。あんな風に背筋を伸ばして働いていたのだろうか。さつきちゃんがさっと視線を向けてきたので、目をそらして本屋から離れた。

　昼下がりのスーパーはすいていて、どことなくぬるい空気が流れていた。特売品のコーナーに積まれた段ボール箱の縁に、ちぎれたキャベツの葉が力なく垂れ下がっている。夕方前に補充するつもりなのか、段ボール箱の中にキャベツは二個しか残っていない。重そうだな、と背を向ける。

財布の中を確認する。六千円と小銭がちょっと。部屋にいるだけでも家賃や光熱費はかかる。どんどん減っていく貯金の残高はもう二十万を切っている。今月はこれでやりくりするしかない。

小さく息を吐き、陳列台の間を歩きまわり、結局はカップラーメンと菓子パンで籠を一杯にしてしまった。生の肉や野菜を見ても食欲はわかないし、食材を買っても使いきれる自信もない。レジで千円札を二枚だし、わずかばかりの小銭を受け取る。

カップラーメンと菓子パンを籠からエコバッグに移していると、目の前の壁にかかったコルクボードが目に入った。地域の掲示板なのか、ダンス教室の案内やバザーのお知らせが貼られている。その下のほう、ほとんどコルクボードからはみだすようにして、余白の目立つ紙が画鋲で留められていた。

「アルバイト急募」と、べったりした黒の太字で印刷されている。

――家事手伝い、兼、事務、接客。経験不問。応相談。

情報はそれだけで、十一桁の携帯らしき番号とメールアドレスが記載されている。なんの会社なのかも、場所も、勤務時間も、年齢制限も書いていない。すべてが「応相談」ということなのか。文字だけの飾り気のない紙は、色とりどりの貼り紙の中でかえって浮いていた。

家族経営の小さな工場かなにかだろうか。身内で細々とやってきて求人募集をかけるのに慣れていないのかもしれない。不器用そうな感じに親近感がわいた。

携帯を掲げて、写真を撮る。思いのほか、大きな音がした。

画像を確認しようとしたら、食材で山盛りの籠がどんっと横に置かれた。二の腕の太い中年女性が身を乗りだしてきて、私の籠の前のポリ袋ロールを勢いよくひっぱりはじめたので、携帯をエコバッグに入れ場所を譲った。

アパートへ戻ると、もう大家さんはいなかった。蔓薔薇の根元が濡れ、土の匂いがたちのぼっている。水を得た赤い薔薇はますます鮮やかさを増したような気がした。重い足をひきずって部屋に入り、狭い台所の床に座り込む。ひんやりとした薄暗さが心地好かった。

エコバッグから菓子パンをひとつ取りだして袋をあける。顔ほどもある、渦巻き状のデニッシュを頬張る。何層にも重なった生地が歯と歯の間でぐにゃりと潰れ、表面にかかった白い砂糖のクリームが唇につく。甘い。油っぽい。けれど、それ以外の味がよくわからない。おいしいわけでもないのに、一度食べだすと最後まで食べなくてはいけないような気になる。もすもすと単調な咀嚼《そしやく》をくり返す。

甘さで口がだるくなり、アパートの入り口の自動販売機で買ったペットボトルの緑茶を直に飲む。スーパーで買えば安いのに、ついつい考えなしに散財をしてしまう。

「働かなきゃ」

つぶやいていた。カーテンをひいた薄暗い部屋に小さな声が転がる。

携帯の画面をひらき、さっきスーパーで撮った写真を眺める。ピントはずれていたが、連絡先の番号はかろうじて読めた。電話をかけようとして、携帯を持ったまま数秒悩み、床を這って、ローテーブルの上に転がっていたボールペンを手に取る。紙を探すが、ちょうど良いものが見当たらない。財布の中のレシートの裏に写真の番号を書き写し、それだけでひと仕事終えたような気分になった。

立ちあがり、寝乱れたままのベッドに腰かける。息を吸い、電話をかけた。

でない。十コールを数えたところで切ろうとすると、「はい！」と「い」に力を込めた大声が耳を貫いた。

携帯を耳から少し遠ざける。相手はせっかちなのか、「はいはい、どちら様ですかね？」とがなりたててくる。男性のようだった。

「あの、求人広告を見たのですが……」

「はあ？」

聞こえにくかったのか、男が迷惑そうな声をあげる。電話の向こうはこの部屋と同じ密閉された気配があったが、ときおりがさがさとなにかが擦れるような音が響いた。

「ああ、はいはい、バイト募集ね」

思いだしたように男が声をあげる。おざなりな調子で「ご連絡ありがとうございます」とつけ足す。

「じゃあ、簡単でいいのでお名前と年齢、あと職歴かな、あー、履歴書。履歴書をＰＤＦで送ってくだ……」

「あの」と、さえぎる。

「私、パソコンを持っていないので、住所を教えてもらえますか。郵送します」

軽く舌打ちが聞こえた。そのとき、男の後ろでごそごそとくぐもった音がした。「もうーまだぁ?」甘ったるい声。若い女性のようだ。

男が慌てて「はいはい、住所ね、住所ですね」と大きな声で言う。都内の住所を言いかけ、「あーやっぱ、こっちで」と違う住所を口にした。私の住んでいる街と同じだった。

「すいませんが、郵便番号は調べてください。じゃあ、よろしく」と一方的に電話が切れる。

熱くなった携帯をしばらく見つめて、カーテンをそっとあけた。まぶしい陽光が目を刺して、色とりどりの薔薇で埋めつくされた大家さんの家の庭が見えた。電話の向こうからは猥《わい》雑《ざつ》な夜のにおいがして、時間感覚の狂った私の身体をかすかに混乱させた。

ひさしぶりの日光に照らされた部屋はひどく汚かった。ゴミ箱はあふれ、衣服は散乱し、部屋の隅で埃《ほこり》が塊になっている。ゆっくりと立ちあがる。履歴書を買いに行く前に、洗濯ものを外に干そうと思った。


前日の晩に選んだ、紺色のワンピースをハンガーごと手に取る。顎の下にあてて、姿見を覗いた。

短大のクラスメイトの結婚式用に買ったワンピースだった。派手ではないが、袖がふんわりひろがっていて、大きなリボンを首の横で結ぶようになっている。ひとめぼれして買ったのに、リボンは一度もショーウィンドウの中にあったときのようには結べなかった。ろくに手入れをしていない伸び放題の髪の下でリボンがひしゃげている。垂れ下がったリボンの端をつまんで、ゆっくりと解いて外す。

リボンのないワンピースは地味だったけれど、自分にはしっくり馴染んでいるように思えた。それに、面接にめかしこんで行っても仕方がない。ワンピースの生地の、黒に近い、よく目を凝らさないとわからないくらい深い紺色を、鏡ごしに見つめる。

履歴書を送った数日後、夜中に携帯が鳴った。心臓がはねた。知らない番号をしばらく眺めた。ひやりとした悪夢の中にいるような心地だった。終わらない夜がずっと私を捉えていて、電話はその夜の底にいる相手と繋がっている気がした。

電話は長く鳴り続けた。息を吐いてでると、「こんばんは」と相手は言った。知らない声。

「若宮《わかみや》、一香《いちか》、さん」

読みあげるように私の名を言った。落ち着いた、深い声だった。このワンピースの紺色のような、暗く見えてかすかに色が溶けている、抑えた声音。

「はい、そうです」

沈黙があった。吸い込まれそうなくらい静かだった。

「きれいな名前ですね」

そうだろうか、と思っていると、「履歴書を拝見いたしました」と紺色の声は言った。

それから、面接をしたいので履歴書を送った住所まできて欲しいというようなことをゆっくりと続けた。あまりに静かに、そっと話すので、はじめの単語が、次の単語を聞いたときには頭からすべり落ちていく。それでも、忘れてしまうわけではなく、彼が話す内容は懐かしい風景のように不思議と残った。

面接日が決まると、「なにか質問はありませんか？」と相手は言った。仕事内容はよくわからないままだったし疑問だらけだったが、採用されると決まったわけでもないのにあれこれ訊いても迷惑がられるだろうと思った。

「あの、ひとつだけいいでしょうか」

「はい」

「御社の社名をうかがってもいいですか」

「社名」紺色の声がつぶやき、「ああ」とほんの少しだけ笑った。けれど、それは私に向けられた笑いではない感じがした。

「お伝えしていなかったんですね」

声は突然なめらかになにかを発音した。外国語だということしかわからなかった。訊き返そうか悩んで、やめた。行けばわかるだろう。

礼を言い、相手が電話を切るのを待った。相手も待っている気配がしたので「失礼します」と電話を切った。携帯を耳から離してやっと、先日電話にでたせっかちな男性とは違う人だと気づいた。

深い声を頭の中で反芻《はんすう》し、面接は紺色のワンピースで行こうと思った。

身支度を整えて、アパートの階段を下りると、垣根の前にまた大家さんの丸い背中が見えた。伸びすぎた蔓薔薇の枝を容赦なく切ったり曲げたりしている。遅刻してはいけないので目を合わせないようにして会釈する。通り過ぎようとすると、「めずらしい格好してるねえ」と話しかけられた。

どう返したら長引かないだろうかと考えていると、赤い薔薇が目の前に差しだされた。

「若いんだから、耳飾りとか香水とかさ、せめて口紅くらいひいたらどうだい。ほら、やるよ、今朝咲いたばかりだ」

デートかなにかと勘違いされているようだ。ぐいっと薔薇を押しつけてくる。ずんぐりした爪の間が黒い。

「安心しな、この品種は棘《とげ》が少ないから」

緑の茎をそっと持つ。植物のひやりとした体温が指先から伝わってくる。「きれいですね」私の唇とは裏腹に、心はまるで動いていない。赤い、とは思う。まぶしい。目に食い込んできそうに赤い。けれど、それがきれいなのか、私にはわからない。

大家さんは得意げな顔で私を見送ってくれた。アパートが見えなくなると、ハンカチで薔薇の茎をくるみ、潰れないように肩掛け鞄に入れた。鞄の口は開けたままにした。

バスに乗り、博物館や美術館といった文化施設のある地域を抜ける。道がひろびろとしてくる。途中でバスを降り、坂道を歩く。針葉樹の林を抜けると、あちらこちらに塀に囲まれた大きな家が見えた。高台にあるこの辺りは、古い建物が多い。どれも家というよりは屋敷といったほうが相応《ふさわ》しい大きさで、庭もよく手入れがされている。花水木《はなみずき》に躑躅《つつじ》、木香薔薇《もっこうばら》、ヒペリカム、見事な藤棚のある和風庭園もあった。様々な花の色が目に飛び込んでくる。この辺りと見当をつけてきたが、携帯の地図はもっと上を指している。来た道をふり返ると、市街地が一望できた。私が住んでいる地区も右手に見える。遠くにかすむ薄灰色の線は海だろう。

時間には余裕を持って出てきたが、慣れないヒールで坂を上り続けたせいでふくらはぎが熱を持っている。靴擦れも痛い。まわりにはコンビニも喫茶店も見当たらない。

仕方なく、また歩きはじめる。建物がまばらになると、ふっと日陰に入った。見上げるほどに大きな樹々が道の両側にあった。種類はどれもばらばらのようだった。奥のほうには、倒れ、朽ちている大木もある。下草が生え、腐葉土の匂いがした。さっきの人工的な林と違い、昼間でも湿った暗さがあった。坂もなだらかになっていく。汗がひいていき、息がしやすくなる。

森を抜けるか抜けないかのところに石の門柱があった。丸いランプが載っている。個人の敷地に入ってしまうのではないかと迷ったが、道はひとつしかない。仕方なく進んでいくと、道は左に曲がり、今度はあちこち苔生《こけむ》した古い木の門が道をまたぐようにして現れた。私の背より高い扉は開いたままになっている。

木の門にかけられた、白い郵便受けが浮いていた。

――la senteur secrète

筆記体で、ごく控えめに書かれたプレートがついている。郵便受けの中は空だ。

携帯を確認する。目的地はここを指していた。他に看板らしきものはない。自分の送った履歴書は、この白い郵便受けの底にひっそりと落ちたのだろうか。

門をくぐる。急に視界がひらけ、平たい石を敷き詰めた道が延びていた。石畳のまわりには剪定《せんてい》された木々が行儀よく並んでいる。ヒールがこつこつと高く鳴る。道は舗装された広場へと続き、その向こうに洋館が見えた。

生クリームのような白壁にチョコレートブラウンの窓枠。アーチ状の両開き扉がついた玄関を挟んで、左右に三角の屋根がある。正面から見える窓はどれも細長く、やはりアーチ型をしている。絵本にでてくるお菓子の家をもっと重々しく上品にしたような建物だった。

なんとなく近づきがたい。生命のない建造物のはずなのに、巨大な未知の生き物がうずくまっているような威圧感があった。アパートの蔓薔薇もこんな洋館のまわりにあったら似合うのだろうな、としばし見惚《みと》れた。

鞄を肩に掛けなおし、額の汗を拭い、石畳の広場を横切っていく。古風な洋館は一歩近づくごとに大きさを増した。左側の三角屋根の下が出窓のようになっている。屋根には鱗《うろこ》みたいな模様があった。瓦なのかもしれない。街の高台には企業が所有する昭和初期に建てられた屋敷があるという話をふと思いだす。

赤い色がちかりと目に入った。見上げると、玄関扉の上部にステンドグラスがはめ込まれていた。玄関ポーチへと続く石段に足をかけたとき、勢いよく扉が開いた。

長い髪の女性が走り出てくる。思わず避けて、石段の横に隠れてしまう。扉が閉まる荒々しい音がした。

女性は私に気づいた様子もなく、段を駆け下りると、門へと早足でまっすぐ向かっていく。針のような高いヒールに細い腰、ぴったりとしたスカートをはいた尻が、カツカツと乱暴に歩くたび左右に揺れる。風に乱れた髪が炎のようになびいた。

女性の去った後には濃い香水の匂いがただよっていて、くしゃみがたて続けにでた。彼女も面接に来た人だろうか。私の約束した時間まではまだ十分ほどあった。どうしたものかと考えていると、洋館の裏手で物を動かす音がした。足音をたてないようにして、壁づたいにまわり込む。

白い砂利の敷かれた小道が洋館に沿って裏へと続いていた。日当たりがいい。たくさんの草木が植えられている。花も咲いているが、庭園というよりは菜園という雰囲気があった。どうしてそう思うのだろうと群生する緑の植物たちを眺め、それらのほとんどがハーブだと気づく。彼らは観賞用の花々とは違い生命力にあふれ、縄張りを少しでも広げようとするかのように繁茂していた。草木の奥に、首に手拭いを巻いて麦藁帽子をかぶった背中が見えた。片手に持った大きな袋を担いで歩き去っていく。

そのとき、かたん、と乾いた音がした。洋館の側面の上げ下げ窓を開く白い手が見えた。壁に背をあててしゃがみ込む。

「おい、なにしてる」

中から不機嫌そうな声が聞こえた。

「換気」と、静かな声が答える。夜に電話をかけてきた人の声だった。かぶせるように大げさなため息が響く。

「あのなあ、香水つけてない女なんていないぞ」

「いるところにはいる」

「お前がそう言うから派手な女がいなそうな病院とかスーパーに貼り紙したけどさ、病人は駄目だの、更年期の女性はちょっとだの言ったじゃねえか。今の姉ちゃんはそんなに匂いきつくなかっただろうが。それともなにか、化粧品か？　整髪料か？　ボディシャンプーか？　なにが気に障った!?」

興奮して声がどんどん大きくなる。聞き覚えのある声だった。おそらく最初に電話で話した男だ。

「今回に関しては、僕ではなく新城《しんじょう》が例外かな」

紺色を思わせる声の主は変わらぬ平静さを保っているようだった。

「ああ？」

「さっきの女性、新城の新しい恋人と同じ香水をつけているから。朝まで一緒だったよね。新城の鼻はもう馴染んでしまったから、あの強い匂いが気にならないんだよ。匂いには耐性ができるから」

沈黙が流れる。ややあって、舌打ちが聞こえた。

「くそっ、シャワー浴びたのに。てか、恋人とかじゃねえし」

返事はなかった。また、ため息が響き、男がぼやいた。

「このまま面接を続けたら、俺らいつかセクハラで訴えられる気がする」

笑い声。電話では控えめだった笑い声が今度ははっきり聞こえた。

「笑いごとじゃねえし。いいか、次は絶対に喋るなよ」

床がぎしぎしと鳴る。紺色の声が「煙草？」と訊いた。

「ニコチンが切れた匂いがするだろ」

皮肉っぽい言い方に「そろそろ次の人が来るころだよ」と紺色の声が答えた。

はっとなり、急ぎ足で砂利道を戻る。洋館の玄関前に着いたのと、扉が開いたのがほぼ同時だった。煙草を咥《くわ》えた男が出てくる。

男は石段の上から私を見下ろして、片手に持っていたライターをポケットに戻した。シャツの襟元がだらしなくひらいている。

「面接にきました」

そう言うと、男は気のない声で「お疲れさんです」と言った。


玄関を入ってすぐの応接室らしき部屋に通された。

革張りのソファセットに飴《あめいろ》色の家具、落ち着いた色の草花模様の壁紙。高い天井を見上げるとシャンデリアがあった。内装は重厚で、時代がかっているのに、古臭い匂いはしない。部屋は窓から差し込む柔らかな光に包まれている。

なんの匂いだろう。玄関扉が閉まった瞬間に嗅いだことのない匂いに包まれた。清涼な香りだった。ただ爽やかなだけではなく、ほのかに植物の苦味が混じったような匂いだった。

勧められるままソファに座ると、上げ下げ窓のひとつが開いているのが目に入った。さっき窓の下で聞いた会話を思いだす。

荒々しい歩調で帰っていった女性に一体なにが起きたのだろう。「セクハラ」という単語に、一瞬、面接を辞退して帰ろうかとも思ったが、好奇心が勝った。

男が私の向かいに腰を下ろす。私の送った履歴書を音をたててひろげながら「新城といいます」と軽く頭を下げる。煙草を吸えなかったせいなのか、はたまた癖か、片膝が小刻みに揺れている。

「えーと、若宮……いっこう？」

「いちか、です」

ちゃんと振りがながふってあるのに、と思う。

「へえ、二十五歳。落ち着いてんね」

「そうですか」と新城と名乗った男を見る。二十代後半か三十代前半といったところか。おじさんと呼ばれることに傷つきそうな微妙な年齢に見える。

「元書店勤務か。きっちりしてそう。うん、髪も染めてないし、いいね。あ、家事とか料理とか得意？」

独り言だと思っていたら質問だった。料理は家事に含まれるのではないだろうかと思いながら、「得意と言うほどではないですが、一人暮らしなので一通りのことはできると思います」と答える。

「ふうん。まあ、できるってことね」と興味なさそうに顎を揺らす。開いたままのドアから誰かが入ってきた気配がした。新城の顔が一瞬ひきつり、早口になる。

「仕事内容はこの家の掃除とか雑用で、まあ家政婦みたいなことをしてもらう感じ。ただ、ちょっといくつか条件があってね……」

「ソリフロール」

後ろで声がした。「はあ?」と新城の眉間に皺が寄る。テーブルの横に声の主が立ち、その影で窓からの陽光が遮られる。白い手が伸び、新城の持つ履歴書をついと取りあげた。

「やっぱり一香さんだ。ひとつの香り。ソリフロール。ひとつの花の香りを中心に作った香水のことをそう呼ぶんですよ。一般的には一輪挿しという意味ですが」

短髪の男性がゆったりと話していた。深い紺色の声で。すっと片手を私の前にだす。

「鞄の中にクリムゾンスカイが一輪ありますね。水を吸わせてあげましょう」

「クリムゾンスカイ」

「そのローズの名前です。真紅の空。この季節の薔薇はとても騒がしい」

男性の目線の先に私の鞄があった。言われるままに鞄に手を入れ、薔薇をくるんでいたハンカチを取る。赤い薔薇を手渡すと、男性は新城を見た。

「新城、これ、台所で水切りして」

「なんで俺が」

「面接は僕がするから」

「いや、無理だろ」

「彼女は僕が呼んだ人だから」

「ああ」と新城が声をあげる。「郵送がいいって言った女か」

二人があれこれ言い合う間、どうして薔薇があることがわかったのか考えていた。鞄の口が開いていたからか。いや、見えてはいなかったはずだ。なのに、薔薇の名前まで。さっき窓の下で聞いた会話がよみがえる。この男性は匂いに敏感なのだろうか。でも、大家さんも残念がっていたが、あの赤い薔薇は華やかな色に似合わず香りが弱い。

気がつくと、新城が薔薇を片手に部屋を出ていくところだった。

「ごめんね、うちには花瓶がないから」

斜め向かいに座りながら男性が言う。こんな立派な家なのにと不思議に思う。

「切り花は駄目なんです。花の傷んでいく匂いが気になってしまう」

なんとも答えようがなく「そうなんですか」と返す。男性はかすかに微笑《ほほえ》んだ。新城と同じ歳くらいだろうか。坊主に近い短髪は色が薄く、猫の毛のような柔らかな光沢があった。袖を折って着ているだぼっとしたスタンドカラーの白シャツが白衣を思わせた。

「小川朔《おがわさく》です」

目が合う。ぼんやりした目だと思った。かすかに灰色がかって見える。こちらを見ているようで見ていない。違う場所を見ている。なんとなく懐かしい目だと思ってしまい、視線を外してうつむく。

小川朔と名乗った男性は胸ポケットから小さな銀縁の眼鏡を取りだした。履歴書に目を落とす。目が悪いのかと妙に納得した。それで、あんな表情になるのか。

けれど、男性は眼鏡を手に持ったまま、ふっと顔をあげた。

「ここしばらく身体を動かしていませんね?」

あ、と思う。履歴書ではつい最近まで働いていたことになっている。少し考えて、「はい」と正直に答えた。

「退職したのは三ヶ月前ですが、その半年前くらいからずっと休んでいました」

「その間は家に?」

責めているような口調ではなかった。変わらず深い落ち着いた声だった。

「そうです。ずっと家にいました」

ある日、突然、仕事に行けなくなった。まず起きられなくなり、起きられても、身支度に時間がかかるようになった。歯磨きひとつ満足にできない。熱があるわけでも、身体のどこかが痛いわけでもない。ただただ、動けない。休む理由も尽き、電話口で「行けません」と謝るだけだった。その電話をかけるのにもひどく労力がいった。店長は休職扱いにしてくれたけれど、申し訳なくて退職願を送った。それをするのに半年かかってしまった。

そう説明するつもりだったのに、短髪の男性はなにも尋ねてはこなかった。沈黙が流れ、ふと気になった。

「あの」

「はい」

「私、なにか変ですか？　喋り方とか、顔つきとか」

男性はかすかに首を傾《かし》げた。やはりどこを見ているかわからない目だった。

「どうして、家に閉じこもっていたことがわかったんですか？」

「それはわかりませんけど」

ちらっとドアのほうをうかがう。数秒遅れて新城らしき足音が近づいてきた。

「坂を上がってきたときに汗をかいたでしょう。その汗から、身体を動かしていない人特有の匂いがしました。一般的に体臭は人それぞれ違うのですが、病気や年齢、生活習慣などで尿や汗が独特の匂いになることがあります」

思わずワンピースの襟元をつまんで匂いを嗅いでしまう。そう言われてみれば、十代の頃の汗の匂いとは違う気がする。なんとなく醬油《しょうゆ》っぽいような重さを感じた。

「加齢臭ですか？」

「それはノネナールという物質ですね。古い本や蠟《ろう》のような匂いと言われています。たくさんの人間の使用済みのシャツを集めてガスクロマトグラフィーにかけ、発見することができた物質です。あなたがつけているパウダーファンデーションを作った会社が発見しました。

僕の元職場です」

男性はすらすらと言った。

「あなたの汗に混じっている匂いにまだ名前はありません。気づく人はほとんどいないでしょう。不思議ですよね、確かにあるのに、名前がつかないと、ないことになる。心配しなくても大丈夫です。健康的な生活を送れば、その汗の匂いは消えますよ」

「あの、どうして私のファンデーションのメーカーが……」

「匂いでわかります。リップクリームも化粧水もシャンプーの銘柄も、すべて。体温を持つ生体が肌につけたものはどうしたって匂いがたつんです。どんなものでも」

大きなため息が聞こえた。ふり返ると、新城が壁にもたれていた。短髪の男性はとくに気にした様子もなく続けた。

「あなたは嘘をつかなかった。ここで働く条件のひとつは嘘をつかないことです」

「いや、もう無理だろ。この子、相当ひいてるって」

新城がうんざりした声で言う。

男性は私を見つめたまま微笑んでいる。私の感じていることまで嗅ぎとっているような顔だった。

「なんのお仕事をされているんですか？」

「僕は調香師です」

「香水を作るお仕事ですか？」

「それもひとつですね」と男性はようやく手に持っていた眼鏡をかけた。けれど、もうなにも言わず、ソファの背もたれに身体をあずけてしまった。

「違うだろ」と新城が頭を掻いた。

「香りを作っている」

私に向かってわめくように言う。

「香水や化粧品、肌につけるものを作ったり売ったりするときは役所に届出をしなきゃいけない。だから、あくまで作ってるのは香りだ」

「それは……」

「その香りをどう使うかはお客さまの自由ってこと。ここはそのルールを知ってる人間にのみひらかれている」

新城が大股でやってきて、男性の隣に座る。煙草の臭いがした。それは私でもわかった。けれど、短髪の男性はその臭いについては触れず、心持ち顎をあげて天井の隅を見つめていた。いや、なにも見ていないのかもしれない。

「ここでは特殊な香りを作っている。そして、こいつは特別だ。幸か不幸か、まだ発見されていない物質まで嗅ぎわけ、再現することができる。簡単に言うと、天才ってやつだ」

「不幸、なんですか」

つい口をついてでる。男性の目がかすかに動いた。

「どうかな」と新城が男性を見た。それから目をそらし、「まあ、金にはなる」と乾いた声で笑った。

「変態でしょ、それ」

さつきちゃんがファミリーレストランのテーブルにグラスを叩きつけた。

「鼻がすごくいいみたいだよ」

まわりをうかがうが、近くのブースにいるのは女子高生やカップルばかりで、誰もが自分たちの会話に夢中のようだった。自分勝手な辞め方をしたのに、さつきちゃんは私のことを気にかけてくれている。

「だって体臭のことを言うのってセクハラじゃない」

「触られてはいないけど」

「言葉だってセクハラだし。嗅ぐのだってハラスメントじゃないの。なんだっけ……スメハラ？」

「スメハラだったら臭い人が加害者だから私になっちゃうよ」

「一香は臭くないって！」

また大声をあげたところで、さつきちゃんのみぞれハンバーグ定食がやってきた。書店員は力仕事も多く、立ちっぱなしなので結構お腹が減る。さつきちゃんはしばらく大盛りの白米とじゅうじゅう肉汁をあふれさせているハンバーグに夢中になった。私はチキンドリアをスプーンの先で少しずつ崩しては口に運んだ。どこを食べても同じ味がするものばかり選んでしまう。

食べながらテーブルの端に置いた赤い薔薇を見つめる。茶色い薄紙で丁寧に包まれ、ココア色の細いリボンがまかれていた。リボンの色はあのシックな洋館を彷彿《ほうふつ》とさせた。

「わざと怒らせようとしてる感じもしたんだよね」

言ってから、怒らせるというか、驚かせるというほうが近い気がした。あの小川朔という男性には、こちらの反応をうかがうようなところがあった。

味噌汁をすすっていたさつきちゃんが激しく頭をふる。

「いや、ガチで変態なんだよ。だって、ボディシャンプーやら化粧水やらハンドクリームやら、ぜんぶ指定されたんでしょう」

頷く。あの洋館で働く条件は他にもあり、働く間は身体や髪や衣服を洗うもの、肌に塗るもの、すべて小川朔さんが調合した品を使って欲しいとのことだった。マニキュアや染髪も原則的には禁止。服は肌の露出を控えること。あと、月経日は休んで欲しいとも言われたが、さすがにさつきちゃんには話さなかった。言ったら通報しそうな気がする。

「わかった。雇うって騙して自社製品を買わせるつもりなのかな。詐欺かも」

「ううん、無料支給だって」

もし働くつもりがあるのなら、三日後に取りに来てくださいと言われた。

「あと、お給料は日当なんだけど、すごくいい」

「余計、胡散臭《うさんくさ》いじゃない！」

さつきちゃんの口の中から米粒が飛んでくる。確かに、その通りだ。おまけに、届出をしていないようなことも言っていた。闇調香師？　そんな言葉はあるのだろうか。さつきちゃんみたいな反応がまともなのかもしれない。

けれど、気になることがあった。帰り際、小川朔さんが言ったのだ。新城という男に聞こえないように、そっと。

――庭は気に入った？

言いながら赤い薔薇を手渡してくれた。薔薇を結ぶリボンに触れながら、はい、と答えた。私が窓の下で盗み聞きしていたことを、あの人は知っていた。それも匂いで気づいたのだろうか。そこまで嗅覚が優れているとしたら、どんな世界を彼は生きているのだろう。

考えていると、さつきちゃんが私を覗き込むように見た。「一香」と箸を置く。

「なにもそんなにあやしいところで働かなくたって、うちの本屋に戻ってきたらいいじゃない。猟奇殺人犯とかだったらどうするの」

「まさか」と笑ってみせる。「悪い人じゃないと思う」

「でも、変態でしょ。変態は悪い人より悪気がないぶん質《たち》が悪いと思う。一香はなんでも呑み込んで我慢してしまうから、きっとストレスが溜まるよ、そんな普通じゃない人」

本気で心配している顔だった。さつきちゃんは私が職場のストレスで仕事に行けなくなったと思っているのだ。親身になってくれる人にも本当の理由を話していないことに罪悪感が込みあげる。けれど、やはり言葉にできない。自分のかたちを保てなくなりそうで。

「ごめんね」

また笑顔を作る。嘘をつかないこと、そう言われたが、私の表情は嘘ばかりだ。きっと私だって普通じゃない。

「デザートも食べる？」とメニューを渡す。

「苺《いちご》ブリュレパフェ！」

立ちあがりそうな勢いで叫んでから、さつきちゃんは残っていた白米を漬物でかき込んだ。それから「なんかあったらすぐ言ってね」と低い声で言った。

店内の白っぽい照明がまぶしくて、私は数回瞬きをしてから「ありがとう」と返事になっていない言葉を返した。


三日後、私は坂を上った。

しばらくは交通機関を使わずに通勤することも条件のひとつだった。天気が良く、梅雨前だというのにニュースが真夏日に近い気温になると告げていた。こめかみを流れる汗を拭きながら歩いた。デオドラントスプレーも支給してくれないだろうか。

森に入ると、すっと気温が下がった。ペットボトルの水を飲み、日傘をたたんで、首に巻いたタオルを外す。湿った部分の匂いを嗅いでみるが、繊維の埃っぽい匂いしか感じられない。呼吸が落ち着くのを待って、また歩きはじめた。石の門柱を過ぎ、今日は閉まっている木の門を少しだけ押して通る。

石畳と並木の向こうに洋館が見えた。面接の日の出来事は現実味がなく、次に行ったら館ごと消えてしまっているような気もしていたのだが、洋館は重厚な雰囲気をただよわせ、しっかりと存在していた。

石段を上り、チャイムを押した。反応がない。チョコレート色のドアに耳を押しつけると、中でベルがかすかに鳴っているのが聞こえた。しばらく石段に座って待ったが、暑くなってきたので庭へとまわった。

ハーブたちの根元の土が濡れていた。早朝に水やりをしたのか、太陽で半ば乾いている部分もあった。蒸発した水がゆらめいて、ぐにゃりと視界が歪《ゆが》む心地がする。奥へと進んでいくと、「留守だよ」としわがれた声がした。

よく着込まれたつなぎの作業服にゴム長靴。首に手拭いを巻き、つばのひろい麦藁帽子をかぶった老人がいた。まだ五月だというのに、しっかりと日焼けしている。

「ここの方でしょうか」

「家主は留守だ」

にべもない。汚れた軍手で手押し車を摑み、作業に戻ろうとする。

「私、ここで働くんです」

「あんたが？」

老人が麦藁帽子の奥から目を細めて私を見る。

「そりゃあいい。ようやく見つかったのか」

くしゃりと相好《そうごう》を崩す。手押し車を下ろし、麦藁帽子を取る。つるりとした頭に胡麻塩をふったような髭。

「ここの庭をまかされている源次郎《げんじろう》だ。源さんって呼んでくれ」

「若宮一香です。どうぞよろしくお願いします」

源さんはなんでも訊いてくれ、と言わんばかりに胸を張っている。

「ここは菜園なんですか？」

「まあ、そうとも言うかなあ。あっちのほうは香料植物。この辺は薬用植物だな」

「その芍薬《しやくやく》もですか？」

源さんの傍らには白い芍薬の茂みがあった。子供の顔ほどもありそうな大きな花がたくさん咲いている。

「ああ、そうだ。嬢ちゃん、生薬って知ってる？」

「漢方のことですか」

「そう、天然のものを乾燥させたりしてそのまま使った薬のことさ。芍薬は根っこが薬になる。ほら、風邪をひいたときに飲む葛根湯ってあるだろ。それにも入っている。もともとここは製薬会社が持ってたお屋敷だから」

おれは詳しいことは知らんけどな、と源さんは麦藁帽子をかぶりなおした。

「源さん……はここに住んでらっしゃるんですか？」

「いやいや」と源さんは肩をすくめてかぶりをふった。

「こんなでっかい家は落ち着かねえよ。朔さんがお一人で暮らしているね。ああ、そうそう朔さんなら植物園に薔薇を見に行っている。もうすぐ帰ってくるだろうよ」

「薔薇ですか」

クリムゾンスカイと呼ばれた赤い薔薇を思いだす。大家さんに確認したが名前は間違っていなかった。

「ああ、そう。五月は薔薇の季節だからな。本当はモロッコやフランスの薔薇のお祭りに行きたいんだろうが、長旅は朔さんには辛いからなあ。難儀な人だよ」

「繊細な方なんですか」

「いいように言えばな。でもカリカリしてるわけじゃない。なんていうか、人より多くが見えてしまうんだな、あれは。嬢ちゃんもよく働く気になったね。変なことといろいろ言われただろ」

「はい、でも、なんだか童話みたいだったので」

「へ」と、源さんがひょうきんな顔をした。

「『注文の多い料理店』です」

「なんだっけ、それ、山猫が猟師を食おうとして注文をつけるやつか」

「そうです。クリームを塗ってくださいとか、金属は外してくださいとか。『どうかそこはご承知ください』と礼儀正しく言いながらどんどん注文をつけていく。このお屋敷、山奥のレストランみたいじゃないですか」

「そりゃあいい」

源さんは豪快な声で笑った。それから、ふっと真顔になった。

「あんたを食う気はないだろうが、案外、遠からずかもなあ……朔さんは獣に近いかもしれん」

「獣……ですか」

「ああ」と源さんは庭を見渡した。ふわふわと踊るように、貝殻みたいな蝶《ちょう》が飛んでいた。

「一度も間違えたことがないんだ」

傍の芍薬の葉にそっと触れる。

「花ってのはね、気づくと咲いてるんだ。誰より長く庭にいたってね、花が咲く瞬間はなかなか見れるもんじゃない。どんなに世話をしていたって、いつ咲くかはわからない。そういう、人の思惑通りにいかないもんなんだ。けど、朔さんが庭に出てくると、きまって庭のどこかで花が咲いていているんだ。朔さんはね、間違えない。まっすぐに、咲いた花の場所へ行く。まるで、花に呼ばれたみたいにさ」

思いだすようにして語る老人の目にはなにかが宿っていた。憧れなのか、畏怖なのか、自分の手の及ばないものだと彼が思っているのは確かだった。

「おれもよく知らないんだけど、月の見えない夜のことを朔とか新月とか呼ぶんだっけか」

曖昧に頷く。

「そんな光のない暗闇でも、朔さんなら花が咲くのが見えるんだろう」

「見える」

「鼻で、な」

源さんは自分の日に焼けた鷲鼻《わしばな》を、軍手で指した。

「もしかしたら月も」

それから、話しすぎたことを恥じるように顔を皺だらけにして笑った。

世界の見え方が違うんだよ。

そんな声が聞こえた気がした。それは源さんの声ではなく、なぜか懐かしい人間の声で頭の中に響いた。

光あふれる庭を眺める。太陽へと伸びるみずみずしい緑、新緑の中の白、黄、紫、オレンジ、ピンク、薄桃、青……花々の鮮やかな色が目に飛び込んでくる。まぶしい。

色で構成されたこの世界を香りで感じられるとしたら、それはどんな華やかさなのか、それとも混沌なのか、想像して、小さな眩暈《めまい》を覚えた。

2
Floral Note

とじたまぶたの奥で雨の音を聞いた。

夜に降る雨は嫌いじゃない。隣の部屋からのひそやかな気配を消してくれるから。

一晩中、ドアの隙間からもれる白い明かり。夜行性の小動物のような気ぜわしい物音。そして、キーボードを叩く音。カタカタカタカタカタと執拗《しつよう》に、なかば得意げにも感じられる音は延々と響く。

壁を殴りたいのをこらえる。この音は兄の生きている唯一の証なのだから抑圧してはいけない。いつもそう思いながら眠ろう眠ろうと耳を塞いだ。雨音はそんな夜を水の膜で覆い隠してくれた。

けれど、眠りの中で気づく。隣の部屋からはなんの音も聞こえてこないことに。

壁の向こうでは水滴が落ちていくだけ。その奥は空っぽの暗闇だ。もう、いない。兄はどこにも、いない。

するすると音もなく、二本の細い影が伸びてくる。

はっと目を覚ます。暗闇に、白い天井がうっすらと見えた。どくんどくんと心臓が鳴っている。

動悸がおさまってきて、自分の部屋だと理解する。私がひとりきりで住んでいるアパート。あの家ではない。部屋は水槽の底のように静かだ。

起きあがり、壁にそっと耳をあてる。角部屋なので、ベッドが接している壁の向こうにはなにもない。ひんやりした壁紙の感触と、雨の音が遠く聞こえるだけ。

こんな夢をみてしまっても、安堵《あんど》しているのか、恐れているのか、私にはわからない。寂しさも悲しみもわいてこないことに、指先が冷たくなる。

深呼吸をして、携帯で時間を見る。夜と明け方の中間の時間。もう少し眠らなければ。

――睡眠はしっかりと。眠れなくても、部屋を暗くして目をとじて。

新しい雇い主にそう言われたから。深い紺色の声で。

枕のくぼみにまた頭をおさめ、けばだった毛布にくるまる。目をつぶり、息を吸って、吐く。ゆっくりと。

音の夢があるならば、匂いの夢もあるのだろうか。

そんなことを考えているうちに眠りに落ちた。もう夢はみなかった。


坂を上る。毎日、息が切れる。

胸に抱いた袋からは焼きたてのパンの芳ばしい匂いがしている。片手にはずっしりと重い高級スーパーの紙袋。どちらも朔さんの指定した店だった。個人でやっているパン屋で予約していた食パンを受け取るのも、ポリ袋ではなく厚手の紙袋に商品を入れてくれるスーパーに入ったのも、ずいぶんひさしぶりだった。自分はずっと、口に入れるものを選ぶのではなく、手近なもので済ませてきたことに気づかされる。

昨夜の雨が道でゆらゆらと蒸発して、風呂場のように暑い。リュックで蒸れた背中が汗でぐしょぐしょだ。紫陽花《あじさい》の色で目を涼ませながら歩く。

林を抜け、高級住宅地を足早に横切り、森に入る。鈍い翅音《はおと》が耳をかすめた。

苔生した木の門にかかった郵便受けから配達物を取りだす。門をくぐり、敷石をこつこつと鳴らして洋館へと向かう。その荘厳な佇《たたず》まいを目にすると、いつも背筋が伸びる。

石段を踏んで玄関の前に立つ。鍵は預かっているが、たいてい開いている。アーチ状の重々しい扉を押し、隙間に肩をすべり込ませる。なんとか荷物を下ろすことなく中に入り、磨かれた廊下を抜けて奥の台所へと急ぐ。

ロッカー代わりの細長い収納棚から木綿のシャツワンピースとエプロンをだして、トイレへと向かう。首に巻いたタオルで身体中の汗をぬぐい、服を着替えて、髪をまとめ直す。脱いだ服の湿った箇所を嗅いでみるが、やはり私に匂いはわからない。ただ、朔さんに支給されたシャツワンピースに袖を通すと、風が抜けたように清涼な気分になる。この家に満ちた香りのせいなのかもしれない。

台所に繋がっている広々とした部屋には一枚板の大きなダイニングテーブルがある。この部屋の窓は源さんが手入れをしている庭に面していて、カーテンを開けるとふんだんな日光と鮮やかな緑があふれる。ダイニングテーブルの上には朔さんからのメッセージが載っている。メッセージといってもレシピだ。今朝は「苺とミントのスープ」だった。髪の毛のように細い朔さんの字。最後に「ゆで卵」も書いてある。

台所の勝手口から外に出て、早々と作業をはじめている源さんに声をかける。

「おはようございます」

「おはよう、嬢ちゃん。今日はなんだい」

日焼けした顔がふり返る。源さんの笑顔を見ると、自分の声がちゃんと人に届いたことに安心する。

「ミントをお願いします」

「なにミントだ。ペパーミントかスペアミントか、ニホンハッカもアップルミントもあるぞ」

レシピにはミントとしか書いていなかった。

「苺と煮ます」

「甘いのか。なら、スペアミントだな。その薄い緑の、ぎざぎざの葉っぱのやつだ」

源さんが指したほうへ植物をかきわけていく。地面が柔らかい。もりもりと群生するミントたちのそばにしゃがみ、若い葉をぷちぷちと摘む。清涼感のある、どことなく甘い香りがたちのぼる。レモンバームも採って、源さんにお礼を言い、台所へ戻る。

買ってきたばかりの苺と摘んだハーブを洗い、水を張った鍋をコンロの火にかける。底からふつりふつりと気泡がたつまで卵を箸で転がす。ガラスの水差しに水と氷をたっぷりと満たし、レモンの薄切りとレモンバームを入れ、グラスと一緒にダイニングテーブルへ運ぶ。

苺のへたを取り、レシピの通りに砂糖と水と共にミルクパンに入れる。くつくつと煮えてきたら半分ほど軽く潰して、白ワインをひとたらし。苺の色が液体に移ってきた頃合いでレモン汁を少々。さあっと鮮やかさが増す。宝石のように透明な赤。ミントをちぎり入れ、あくがでる前に火を止める。

「うん、いいタイミング」

背後で声がする。もう驚かなくなった。指示された料理ができあがる頃に、朔さんは猫のように音もなく二階から下りてくる。いつものゆったりした長い白シャツを着ている。

「しばらく置いて香りを移そう」と、片手にグラスを持ったままミルクパンに蓋をする。

「アンフュゼというんだよ」

パン切り包丁を取りだし食パンをスライスした。山食より角食が好みのようだ。朔さんは薄切りを二枚、私は厚めを一枚、網でこんがりと焼いてダイニングテーブルに運ぶ。私たちは向かい合わせに座り、簡単な朝食をとる。

朔さんが指先でトーストをちぎり、赤い苺のスープに浸す。ミントは黒く縮れてしまっている。私は色の抜けた苺をスプーンですくって口に入れた。歯と歯の間でぷつりと種が潰れ、熱い塊が喉をすべっていく。

「煮つめたジャムより、こっちのほうが好きなんだ。あたたかいうちにパンをひたひたにしてね」

「酸味が残ってますね」

そう、と言うように朔さんが頷く。山のように砂糖を入れたのにさらっとしている。ミントと白ワインの香りが爽やかだ。ふと、いつも食べている菓子パンの絡みつくような甘さを思いだす。あれには一体どれくらいの砂糖が入っているのだろう。

こん、と軽快な音がした。朔さんがゆで卵を手にしていた。両手でゆで卵を包むように揉み、細かなひびの入った殻を薄皮ごと剝がす。白く長い指先を見つめていると、かすかに首を傾げられた。

「スペアミントで合っていましたか?」

訊きながら、ゆで卵をテーブルの縁に打ちつける。力の込め方がよくわからず、なかなかひびが入らない。二度、三度とぶつける。朔さんの優雅な手つきとはまるで違う。私ばかりが騒がしい。

朔さんは気にした様子もなく、ゆっくりと頷く。ゆで卵のてっぺんが朔さんの口の中に消えた。薄い唇。ひっそりと音もなく食べる様子は兄を彷彿とさせる。いや、彼の食べる姿はほとんど見たことがなかった。私が目にするのは廊下に置かれた空の食器だけだった。容姿だって似ても似つかない。なのに、朔さんを見ていると、ときどき兄のことが頭をかすめる。

「ペパーミントとスペアミントはどう違うんでしょうか」

質問すると、飲み込んでから朔さんが口をひらいた。

「成分がまったく違うんだ。スペアミントの芳香成分はカルボンと微量のリモネン。リモネンは柑橘類《かんきつるい》の皮に含まれる成分。対して、ペパーミントは主成分がメントール。メントールは聞いたことがあるんじゃないかな」

答えようとすると、朔さんがすっと口をつぐんだ。どこも見ていないようなぼんやりした目になる。

すぐに、「ちょうどいいところにきた」と微笑みを浮かべた。

数分後、車のエンジン音が近づいてきた。洋館の真ん前で停まった気配がして、荒々しく玄関扉が開く。どかどかと踵《かかと》で床を踏み鳴らす足音で新城だと気づく。

「優雅に朝飯か」

私たちの部屋に新城が入ってくる。ぴったりした黒いシャツに尖った革靴。さつきちゃんなら「胡散臭い」と眉をひそめそうな外見をしている。音をたてて椅子をひき、片手にだらりと垂らしていたジャケットを椅子の背にひっかけて、朔さんの横に座る。煙草の臭いがむっとした。

「おはよう、新城。僕があげた口臭スプレー持ってる？」

新城は「へ」と顔をゆがめた。朔さんが素早い動きでさっと新城のジャケットの内ポケットに手を入れた。透明なアトマイザーを取りだし、シュッと天井へ向けて噴きつける。すっとした香りが鼻を抜けた。

「あ、歯磨き粉の匂い……あと、リップクリーム」

「うん、そう。これがメントール。口中清涼剤や鎮痒剤《ちんようざい》や咳止めに使う。同じミントでも違うでしょう」

私は苺のスープをひとさじすくった。爽やかだけど香りに甘さがある。

「違いますね」

「おい、なんだよ。口臭スプレーって、いつもはマウススプレーって言うくせに」

新城が憤然とした顔で朔さんの手からアトマイザーを奪い取る。

「だいたいメントールだけの単純な作りじゃないだろう、お前のは」

「もちろん。新城の口臭に合わせていろいろ配合しているよ」

朔さんが立ちあがる。配達物を手に「頼まれたものはできているから」と部屋を出ていく。柔らかな足音が階段を上がっていった。朔さんの仕事場と寝室は二階にあり、私はまだ行ったことがない。

「妙に機嫌がいいな」

新城がぼそりとつぶやいた。「たいがい梅雨は神経質になるのに。今日はもう降らないのかな」と脚を組んで襟元のボタンを外す。私は黙ったままトーストを齧《かじ》る。ぶらぶらと揺れる新城の靴先を眺めていると、「なあ、あんた」と話しかけられた。私の名を覚えていないのだろう。新城は明らかに私を気に入っていない。面接のときも、パソコンを使えないことに最後までこだわっていた。実際に通いだしてみると、家事ばかりでパソコンに触れる必要は一切なかった。

「あんた、朔に惚れるなよ」

「どうしてですか」

「ここを辞めさせられるぞ」

はじめて新城の顔を正面から見た気がした。くっきりした二重に浅黒い肌、無精髭が濃い。探るように私を見ていた。

「大丈夫です」

「へえ」と口の端をゆがめる。癖なのだろう。

「恋愛感情とか、よくわかりませんので」

「ふーん、でも性欲ならあるよね」

軽い調子で言い、かたそうな黒髪をがしがしと掻く。これはセクハラだと言ったほうがいいのだろうか。さつきちゃんなら怒り狂うだろうな。返事をせずにいると、目をそらされた。

「どっちにしろ、あいつを男として見るなよ。また人を探すのは面倒だ」

言い捨て、「今日はミントか」とすんと鼻を鳴らした。朔さんは朝食に菜園のハーブを使わせる。どうやら私がくる前からの習慣なのだとわかった。

「召しあがりますか」

「甘いものはいい」

「新城には夜に羊を焼いてあげるよ。ミントと合う」

いつの間にか戻ってきた朔さんが椅子に腰かけた。「お前はガキの頃から甘党だよな」と新城が言い返す。私は夕方にはこの館を出るので、夕食を共にしたことはない。

朔さんが紙包みを新城に手渡す。ここに通うようになって二週間弱、私はまだ朔さんの仕事内容をよく把握していない。新城が仕事の窓口をしていることしか知らない。配達物の差出人欄は個人名や研究所、大手企業、高級ホテル、星つきレストラン、大学と様々で、海外の読めない文字が書かれていることもあった。

「先生」と中腰で声をかける。「トースト、もう一枚いかがでしょうか」

朔さんの食べかけのトーストを新城が咥えていた。それもあるが、なんとなく席を外したほうがいいような気がした。

「ありがとう」と朔さんが言うのと、「なにお前、先生とか呼ばせてんの」と新城が爆笑するのが同時だった。

「僕が好きなように呼べばいいと言ったんだよ」

朔さんが静かな声で新城をたしなめる。ワンピースに落ちたパン屑《くず》を払ってそそくさと台所へ向かう。行儀が悪い気がしたが、どうせ後で掃除をするのは私だ。「俺もトースト。あと、ベーコンエッグね」と、背中に新城の声が飛んでくる。台所でエプロンをつけながらふり返ると、もう二人はなにやら真面目な顔で話しはじめていた。

手早くフライパンを熱し、冷蔵庫からベーコンと卵を取りだす。新城はせっかちだ。

案の定、皿を持っていくともう話は終わっていた。新城はトーストでベーコンエッグを挟むと片手で口に押し込んだ。したたり落ちた黄身を指ですくい、立ちあがる。

「じゃあ、四時によろしくな。美人な未亡人だから楽しみに」

下卑《げび》た笑いを浮かべて去っていく。朔さんは片手をあげて頷くと、さりさりと小さな音をたてて焼きたてのトーストにバターを塗った。崩れた苺をたっぷりのせる。

「今日は家具のワックスがけをお願いします。あと、四時に来客があるからお茶を淹《い》れてもらえますか」

「はい」と答える。朔さんが急に敬語になるときはもうここに意識がない。それくらいはわかるようになった。


私に支給されたシャンプーや化粧水や保湿クリームだけでなく、洋館で使っている食器用洗剤も手洗い石鹸も衣類用洗剤も、香りのする消耗品のすべてが朔さんの手作りだった。それらは台所の奥の貯蔵庫にしまわれていて、飾りけのない容器に入ってシンプルなラベルが貼られていた。ほとんどが無色か白濁色で、液体だったり固体だったりした。それぞれ匂いは違ったが、大半はかすかに苦味を感じる植物の香りがした。

洋館に通って朝食を作っていると、それらの香りが庭の植物たちと同じであることに気づいた。朝露で濡れたハーブをぷつりと摘むたびに香りがたちのぼり、パズルのピースがひとつひとつはまっていくように、なににどの植物の匂いが使われているのか判明していく。もちろん、見当もつかない匂いのものもあった。

家具を磨くワックスも貯蔵庫にちゃんとストックされていた。蜜蠟と防虫効果のあるハーブオイルと亜麻仁《あまに》油でできているそうで、虫が増えてくる梅雨時に使うのだと朔さんが説明してくれた。

銀色の缶を開けると、ふわっと頭の中が紫色に染まった。紫陽花よりずっと鮮やかな紫。あ、と思う。この匂いを知っている。小さい頃、家族で乗った飛行機。もう顔も覚えていない父親の実家へ行ったことがある。からりと乾燥した空気、広々とした大地。香りたつ紫と緑の絨毯《じゅうたん》。父親という言葉など、私の中でなんの意味も感情も持たない空っぽのものなのに、記憶だけが映像となってよみがえる。

手を動かした。意匠の凝らされた階段の手すり、年代物の食器棚やテーブル、備えつけの壁掛け戸棚、採光窓……磨くと木材はこっくりした光沢を取り戻し、私の手の中の布巾は汚れた。思い出に呑み込まれないように一心になってワックスをかけた。

応接室の窓枠を磨き終え、脚立から下りると、「熱心だね」と深い声がした。紺色の穏やかな声音に、紫の香りが遠ざかる。ソファに朔さんが座っていた。窓から差し込む淡い光にまどろむような表情で包まれている。やっぱり猫みたいだ。

いつからいたのだろう。私が驚かないように、脚立の上にいるときは声をかけなかったに違いない。

「そろそろお昼にしようか」

古い柱時計に目をやると、もう正午をまわっている。あの時計も木製だ。磨かなくては。でも、装飾が細かくて時間がかかりそうだ。

「なにも今日中にぜんぶというわけじゃないよ」と、朔さんが私の心を見透かしたように笑った。「ゆっくりでいい」時間はたくさんあるんだから、と見えない言葉が聞こえたような気がした。この静かな洋館では時間はひどく緩慢に流れていく。

「あの……この香りはなんですか？」

問うと、朔さんは部屋をぐるりと見渡した。まるで匂いが見えるかのように。

「主軸はラベンダー。高温多湿に弱いからうちでは育てていないけれど」

灰色がかった目が私を見つめて「どこかで？」と言った。

「さっきまで忘れていましたが、昔……たぶん富良野《ふらの》に行ったことがあるんです」

繋いだ小さな手と手の湿った感触がよぎり、「でも、ずっと昔です。まだほんの小さな頃のはずなんですけど」とつけ足す。自分でもなぜ急に思いだしたのか不思議だった。

「それはね」と、朔さんが目を細めた。

「香りは脳の海馬に直接届いて、永遠に記憶されるから」

「永遠、ですか」

朔さんが頷く。ずいぶん大仰な言葉のように思われた。実感がないのは、私がそれを知らないからだ。

「パチュリの精油の匂いを嗅いで、小さい頃にカブトムシを捕った記憶がよみがえった人がいたね。本人は自分を虫嫌いだと思っていたのに」

「パチュリですか」

「濡れた土や墨汁のような香りの植物だね。こんな雨の時期に採れたものがいい」

言われて、頭の中で想像できる匂いとできない匂いがあることを知る。

「先生の言う永遠とは、命が続く限りという意味での永遠ですか？」

「そうだね、一香さんの認知している世界が終わるまで、だね。そういう意味では誰もが永遠を持っているんだけど、なかなか気がつかないんだ。そのひきだしとなる香りに再び出会うまでは」

なぜか寂しげに朔さんは微笑んだ。「出会いたくなかった？」とソファから身をおこす。

「わかりません」と正直に答えた。「よく、わからないんです。そんな過去があったと知っても、今には繫がらないので」

「そうみたいだね」

朔さんが部屋を横切り、脚立をたたんだ。「源さんに返してくるよ」とドアへ向かう。その背中を見ながら永遠という言葉を胸の中でつぶやいた。

ワックスの蓋をきつくしめる。換気をして、数日経てば、私はまたこの香りを失うだろう。記憶はまた奥深くにしまわれる。けれど、朔さんは違う。彼はきっと記憶のひきだしを自在に開けて、それをつまびらかに眺めることができるのだ。だからこそ、永遠を知っている。

それがどういうことなのか、まだ私には想像ができなかった。

昼食はハーブのサラダと、源さんが裏山で採ってきた茸《きのこ》でリゾットを作った。源さんも誘って三人で食べた。源さんは和食を好むかと思ったが、あんがい慣れた手つきでフォークを操った。二人は食事の間中ずっと庭の植物の話をしていた。

午後からは源さんの手伝いをした。新城が予想したように雨は降らなかった。「朔さんの天気予報はテレビより当たる」と源さんも言った。

四時ぴったりにチャイムが鳴った。ワックスかけたての廊下を滑らないように進んで玄関扉を開ける。

未亡人と聞いていたので、年配の女性を予想していたが、玄関に立っていたのは二十代後半にしか見えないきれいな人だった。淡いブルーのノースリーブワンピースを着て、肩に薄いカーディガンをはおっている。丁寧に巻かれた髪に、計算された派手すぎない化粧、爪もプロの手で整えられているのが一目瞭然だ。小さくおじぎをして、「藤崎《ふじさき》です」と甘く細い声で言った。

「お待ちしておりました」とだけ返し、私が面接された応接室に通す。彼女がソファに膝を揃えて座ると、部屋は老舗ホテルのラウンジかティーサロンかといったような様相を呈した。

紅茶をだして退出しようとすると、朔さんが片手をそっとあげた。いて欲しい、という合図だった。盆を脇に抱え、壁際で踵を揃えて立つ。女性のふくらはぎから足首にかけての曲線がよく見えた。なめらかな肌だった。

「小川です」と朔さんが目礼すると、藤崎と名乗った女性は「新城さんからうかがいました」と華やかな笑顔を浮かべた。

「オートクチュールのパフューマーなんですよね。セレブにも香水を作っていらっしゃるとか」

目を輝かせながら世界的に有名なミュージシャンの名をあげる。朔さんは否定も肯定もせず微笑んでいる。

「あと、どんな香りでも作れるとお聞きしました」

「香料の種類にこだわらなければ、ですけど」

「というと?」

藤崎さんがきょとんとした顔になる。

「天然香料は六百ほどしかない上に高価で、手に入りにくいものも多いんです。近年はアレルゲンの問題もあります。ただ、合成香料はいまや三千以上あり、最先端の分析機器を使えば、理論上はどんな匂いも再現可能と言われています」

「じゃあ、なんでもできるんですね」

藤崎さんはまた笑顔になった。喜びを隠せない顔で紅茶をひとくち飲む。

顧客の中には情緒の不安定そうな女性客が少なからずいた。そういうときは朔さんと二人っきりにしないように、私も打ち合わせに同席することになっている。彼女は少々子供っぽいミーハーさが見え隠れしているが、一般的に可愛らしいと評される部類の女性に見える。

朔さんをうかがうが、退出していいという合図はない。

「あの」と、藤崎さんが目を伏せてつぶやいた。

「人の……えーと、からだの匂いとかって、作れるんでしょうか？」

「体臭ということでしょうか」

朔さんがわずかな躊躇もなく訊き返した。藤崎さんは「はい」と恥ずかしそうな声で頷いた。ちらりと私を見る。

「わたし、主人を二年前に亡くしたのですが、どうしても忘れられないんです。……いえ、忘れたくないんです。子供はいないので、新しい人生をやり直せばいいとは言われますが、なんだか彼をなかったことにしてしまうみたいで、どうしても嫌で。すごく好きだったんです。年上でしたが、甘えん坊で、かわいい人でした……でも、あんなに好きだったのに、最近は彼の匂いも思いだせなくなってきて、このままあの人を失っていくのが辛いんです」

ときおり息を詰まらせながら喋った。目は潤み、いまにも泣きだしそうだった。身近の人の死を、肩を震わせて悲しむ様はあまりにもいじらしく清らかで、見ていると息がしにくくなった。

それでも、やはり私の感情は動かない。悲しみも後悔もわきあがらない中、なかったこと、という言葉だけが胸に刺さる。

「部位の指定はありますか」

突然、朔さんが言った。「え」と藤崎さんの目が見ひらかれる。朔さんは胸ポケットから銀縁の眼鏡を取りだすと、さっとかけた。

「頭皮、うなじ、顎、脇、陰部、掌《てのひら》、どの部位の匂いをご所望ですか。それとも寝具の残り香といった総合的なものでしょうか」

眼鏡に光が反射して、うまく朔さんの表情が見えない。声は説明書を読みあげるみたいに平坦だった。

朔さんを見る藤崎さんの目つきが変わる。明らかな違和感と嫌悪感がにじんでいた。無理もない。ぎこちない沈黙が流れる部屋に、窓の隙間から庭の小鳥たちの健康的なさえずりが場違いに響く。

「ご主人が身に着けていたものはなにを持ってきていただけましたか」

あくまで機械的に朔さんが続けた。

「あ……はい」と気圧《けお》されたように藤崎さんが紙袋を手渡す。透明なポリ袋にくるまれた衣服がちらりと見えた。

「主人が事故に遭う前の日に着ていた肌着と、仕事用のスーツです」

「靴下は入っていますか？」

「……いえ、それは」

「洗ったものでいいので、よく穿《は》いていたものを送ってください。足の汗腺からはさまざまな物質が分泌されますから。あと、顔を拭いたタオルと枕カバー。毛根と皮脂の匂いが残っている可能性があります」

それから朔さんは彼女の夫が使用していた整髪料やシェービングクリーム、食習慣、持病、出生地、職業、通勤時間と交通機関、趣味、性交渉の頻度まで次々に質問した。ノートをひらきペンをすべらせながら、細部にわたって具体的な記録をとっていく。まるで尋問のような矢継ぎ早の質問は藤崎さんに感傷に浸る暇を与えず、彼女は唖然《あぜん》とした顔でただ訊かれるままに答え続けた。

「わかりました」と、朔さんがノートを閉じた。「この衣服はしばらく預からせてください。またご連絡します」

とうに冷めたティーカップに手を伸ばし、口をつける。合図だった。「先生、そろそろお時間です」と控えめに声をかける。

「申し訳ありませんが」と朔さんが腰を浮かせる。藤崎さんは促されるままに立ちあがり、ふらふらとした足取りで数歩進んだ。ドアの前で思いだしたように「お願いします」と頭を下げた。

玄関まで見送る。藤崎さんはちらちらと不安げに私の顔を覗き込んできたが、目を合わせないようにした。なにか訊かれて答えられるほど朔さんのことを知らないし、動揺はもっともだと思うが立場上いたずらに共感を示すわけにもいかない。

応接室に戻ると、朔さんが電話をしていた。

「ペナルティがいくつか。新城、興信所を名乗るなら、ちゃんと裏を取ってから依頼者を連れてきて」

尖った声だった。新城は興信所の人間だったのか。妙に納得がいく。音をたてないように茶器を下げた。

「じゃあ、明日」

そう言って電話を切ると、朔さんは立ちあがり部屋中の窓を大きく開け放った。窓枠に両手をつき、ため息をついた。

「嘘は臭う」


翌日は雨だった。

朔さんに言われたように、朝食を済ませて洋館へ向かった。いつもより三時間も早い。起きたときはまだ薄暗かった。

めずらしくなんの買い物も頼まれなかった。とはいえ、まだコンビニくらいしか開いている店がない時間だ。眠気と湿気で重い身体を引きずって洋館に着くと、もう朔さんは台所にいた。鉄瓶を青い火にかけて白湯《さゆ》を作っている。白湯は肌寒い日や朔さんに食欲がないとき、よく頼まれる。

「体調が悪いんですか？」

朔さんはシンクにもたれながら首を横にふった。

「空腹だと鼻が敏感になるから」

このまま外出するから着替えなくていい、と言われる。「あの……どこに……」と訊くと、短く「張り込み」と返ってきた。「女性がいたほうが目立たないからね」とちょっと笑う。

藤崎さんについて尋ねたいことがあったが、朔さんの口数が少ないので黙って白湯に付き合う。どう我慢しようとしても、あくびがもれる。飲み終えた頃、外からクラクションが聞こえた。

雨の中、小走りで新城の車に乗り込む。私は後部座席で、朔さんは助手席。車は水しぶきをあげながら坂を下り、高速に乗った。都心へと向かっていた。

最初は煙草臭いと思っていた車内にも三十分ほどで慣れた。匂いに敏感な朔さんが新城の煙草に関してはなにも言わないのが不思議だった。それに加えて、今日の二人の間には澱んだ沈黙が横たわっていて居心地が悪い。新城がときおり窓を開け、煙草を吸う。携帯が何回かけたたましく鳴ったが、取らない。「あんたっていくつだっけ？」とバックミラーごしに私に声をかける。「若宮です」と返すと、「あー若宮はさあ」と呼び捨てで話しかけてくる。私も心の中では新城と呼んでいるけれど。

ふいに朔さんが「一香さん」と言った。新城がぱっと話を中断する。

「どうして僕のことを先生と呼ぶんですか？」

朔さんは雨粒が打ちつける窓を見つめている。しばらく言葉を探した。便利だから、と言いかけて「先生という単語には色がないからです」と答える。「私にとって」朔さんの深い声は紺色のイメージだったが、彼を呼ぶときはなんの感情も付加したくなかった。

「なるほど」朔さんはつぶやいた。「フラットな状態を保とうとする姿勢には共感できる」

今日の新城はからかってこなかった。

道の向こうに、そびえ立つ灰色のビル群が見えてきた。朔さんがマスクをつける。車は高速を降りて、ひしめく建物の間をすり抜け、立体駐車場に入った。

そこから数分歩いて地下鉄に乗った。朔さんは車を降りてから一言も喋らない。灰色がかった目をぼんやりさせたまま、私と新城の間に挟まれるようにして通勤ラッシュの電車に揺られている。突然、背筋を伸ばすと、私のリュックをひっぱって隣の車両へ移った。どんなときでも朔さんはけして私の身体に触れない。追いかけてきた新城に「発情した男性がいた」とぼそりと耳打ちする。新城が軽く肩をすくめ、ようやく「手間かけて悪かったな」と謝った。「そのぶんいただくから」と朔さんが目で笑う。やっといつもの二人に戻った気がした。

聞き覚えのある駅名がアナウンスされた。朔さんが先立って降りる。人波にもまれながら後に従い、昨日、藤崎さんが口にした駅名だと気づく。彼女の夫が通勤する際に使っていたというビジネス街の駅。

「会社は駅直結らしい」

「さすが大手だな」

二人が早足で歩いていく。改札を出てすぐの壁の前で朔さんが足を止めた。マスクを取る。

「ここで大丈夫か」と新城が眉間に皺を寄せる。

「地下のほうが匂いが流れない」

そう言って、朔さんは動かなくなった。薄く目をとじて、顔を改札のほうへ向けている。

改札から次々に吐きだされるのはスーツ姿のサラリーマンばかりで、ばらばらの私服を着た私たち三人は明らかに浮いていた。それでも、誰もこちらを見ようとしない。足元を見つめながら黙々と職場へと歩いていく。

朔さんはぴくりとも動かない。けれど、集中している感じはした。なにかが彼の身体の中でめまぐるしく働いている。高性能のコンピューターのように。

「いた」

朔さんの目の焦点が合う。ふうっと息を吐き、銀縁の眼鏡をかける。見つめる先には恰幅《かっぷく》の良い男性がいた。四十代後半といったところか、追い越していくサラリーマンがせかせかと頭を下げていく中、ゆったりした足取りで改札を出てくる。

「あれが彼女の亡くなった夫だ」

黒い影が男性の横に立った、と思ったら新城だった。速い。無視しようとした男性の前にまわり込む。新城が携帯の画像を見せながらなにか言った。男の顔がひきつる。まわりに目を走らせ、新城の背中に手をまわすようにして隅へと移動する。

朔さんを見上げると、もうマスクをつけていた。目をつぶって地下の低い天井を仰いでいる。染みひとつない白いシャツに身を包むその姿が奇妙に痛々しく見えた。

洋館へ戻ると、朔さんはすぐに二階へ上がってしまった。お茶でも淹れようと台所へ行くと、新城が冷蔵庫を覗いていた。

「あいつはシャワーだよ。身体中についた匂いを落としているはずだ。あんなに髪が短いのも髪には匂いがつきやすいからなんだってさ。坊主は似合わないだろうし、まあ、あれが限度だよな」

めずらしくそっと冷蔵庫を閉める。

「あんたももう今日は帰れ。あいつはしばらく休むだろうから」

「どういうことなんですか、さっきの」

帰りの車で、朔さんはずっと後部座席で身体を丸めていて、話を訊くことができなかった。

「いまからもうちょい調べるけど」と新城が目をそらして頭を掻く。

「藤崎って女に一杯食わされたんだよ。あの男は見ての通り死んでないし、藤崎の旦那でもない、家族持ちの元不倫相手だ」

「そんなこと白状したんですか」

甘く可憐な花を思わせる藤崎さんと、不倫という単語が繋がらない。

「男の家族にはもうばれた後らしい。別れ際に藤崎がとち狂ってつきまといと嫌がらせをくり返したんだと。裁判にもなりかけたが、藤崎の実家が金でもみ消したそうだ。けど、まだあの女の中では付き合っていることになってんのかもしれないな」

背を向け、勝手口から出て行こうとする。「待ってください」と引き留めた。「先生はどうして彼女が嘘をついているとわかったんです」

「匂いで」と新城は私の鼻を指した。

「信じるか信じないかはあんた次第だけど、嘘は嫌な臭いがするらしい」

やれやれといった調子で続ける。

「あの女は嘘の臭いをふりまいていたし、あの女が持ってきた衣服からは女が使っているのとは違う洗剤と柔軟剤の匂いがしたって。あと、スーツの裾と袖口から幼い子供の体臭がしたらしい。藤崎は子供はいないと言っていたのに」

「まさか、さっきあの男性を見つけたのも匂いですか」

新城が口の端をゆがめて笑う。

「驚くよな、警察犬かっての」

私を押しのけて勝手口の戸を開けると、網戸の前にしゃがみ込んで煙草に火を点《つ》けた。白い煙がゆらりと流れる。雨の音がさらさらと台所を満たしていく。

驚くというより、にわかには信じがたい。けれど、私は確かにこの目で見た。朔さんが迷いなくあの男性を見つけだすのを。

「でもさ、鼻が利くってことはそれだけ人より匂いの情報量が多いってことなんだよ。それこそ膨大な量だ、処理するのには体力も集中力も要る。あの駅を何人が通過した？　ただでさえ匂いの伝わりやすいこの時期に、あれだけの人間ひとりひとりに意識を向けるなんてさ、情報の荒海に飛び込むようなものなんだろうな。まあ、俺にはわかんねえけど。想像もつかねえよ」

吐き捨てるように言って「誰もわかんねえから、放っておいてやってくれ」と私を見上げてきた。身を縮めているせいなのか、なんだか心細げに見えた。

「オムライスでも作りましょうか」

そう言うと、「ガキじゃねえんだぞ」と掠《かす》れた声で笑った。まんざらでもなさそうだった。

新城が調べた結果、男性の話には嘘がないことがわかった。彼はもう藤崎さんに会う気などさらさらなく、過去の出来事もなかったことにしようとしていた。彼にとって藤崎さんはひたすら迷惑な忌むべき存在でしかなかった。

だから、厄介ごとを避けようとしてなんでも話してくれたのだ。

藤崎さんからはすぐに靴下とタオルと枕カバーが送られてきた。最初に預かった衣服と共にそれを梱包して、謝罪の手紙と一緒に送り返した。依頼を受けるわけにはいかない、と朔さんは言った。

毎日少しずつ家具を磨きながら、どうして彼女には彼の体臭が必要だったのか考えた。幸福だった過去に生きるためだろうか。それとも、彼女の中では本当に彼は死んだことになっているのだろうか。どこか幼く可憐な彼女のふるまいは、自分の作った物語に生きている人間のそれだったのか。私の目が見た彼女と、朔さんの鼻が嗅ぎとった彼女の精神はいったいどのくらいかけ離れているのか気になった。

私は彼女が怖くなかった。むしろ、そこまでなにかに執着できることがまぶしく思えた。

切手を買いに郵便局へ行った帰りだった。森を抜ける手前で、門の前にタクシーが停まっているのが目に入った。薄ピンクのスカートを揺らして春の花のような女性が降りてくる。

藤崎さんだとすぐにわかった。私の姿を認め、駆け寄ってくる。

「あなた」と腕を摑まれる。「あのお屋敷にいた人でしょう。そうよね？」

私より細い手首なのに力が強い。

「お願い、一緒に頼んで。わたし、どうしてもあの人の匂いがいるの。あの小川さんって人なら作れるんでしょう。ねえ、お願い。なんでもするから」

甘い声でねだるように「お願い」をくり返す。腕をふり離そうとしても、爪をたててしがみついてくる。小さな真珠のついた恐ろしく硬い爪だった。首を横にふって「無理だと思います」「私にはなにもできません」と何度も言うが、彼女の耳には届かない。笑顔を浮かべ、私の腕を両手で摑んでずるずると洋館のほうへひっぱっていく。樹上で鳥が飛びたつ音がした。自然の生き物が怯《おび》える匂いを私たちが発しているのだろうか、と思う。

「切実なの」と、彼女が私を覗き込んだ。丁寧に化粧で整えられた、きれいな顔。作り物のようなまつげが大きな目をびっしりと囲んでいる。その一本一本がよく見えた。

「あなたならわかりますよね」

それは、私が女だからという意味なのだろうか。彼女に見つめられながら、誰かを切実に求めた記憶を探してみたが、そんなものは見つからなかった。いつだって、切実になる前に諦めてきたから。

「ごめんなさい」

口だけで謝りながら、このひとの望みは叶わないのだろうと確信した。私も嘘つきだ。

「なんで、謝るの」

彼女が笑う。よく光る小さな白い歯が行儀よく並んでいる。にっこりと笑いながらも爪はどんどん食い込んでくる。痛い。物理的にも精神的にも、抗《あらが》うと、痛いのは、よく知っている。身体の力を抜きかけたとき、視界に白いものがよぎった。

「彼女を離してください」

朔さんが立っていた。仕事場用の室内履きのままで、心なしか青ざめた顔をしている。

「小川さん！」

藤崎さんが身をひるがえして朔さんに詰め寄った。朔さんがすっと身をひいて、彼女の腕が虚しく空を切る。

「お願いします！　どうか、お願いします！　お願いします！」

甲高い絶叫が響いた。

「なんでもします！　いくらでも払います！　あの人の匂いを作ってください！　お願いします！」

まるで幼い子供が玩具をねだるように叫び続ける。

「藤崎さん」と朔さんが落ち着いた声でさえぎる。

「あなたの依頼は受けられません。あなたは約束を破りました。女性に弱い新城の口が多少緩くなったとしても、これだけは確かにお伝えしたはずなんです。嘘はつかないこと。最初から正直に話してくれたら良かったのに。そうしたら、僕はどんな欲望でも受け入れました。

ここはそういう場所です」

「でしたら、話します。ぜんぶ！　正直に！　そうです、あの人が欲しいんです。でも、手に入らないのはわかっています。せめてあの人の匂いがあれば……あの人の肌の匂いがあれば、わたしは生きていけるんです。だから、あの人がそばにいなくても。それさえ手に入れば、もう追いかけることはありません。約束します。わたしだって、やり直したいんです。でも、そのためには消えない思い出が欲しい。わたしにはなにも残されてないいんですもの。ずっと大切に、わたしだけのものにしておける、あの人が存在したという証が欲しいんです。わたしだけの」

髪をふり乱し、わめく彼女に朔さんは温度のない声で言った。

「お勧めしませんよ」

「でも、もうこれしかないんです。自分を抑えるにはこうするしか……」

「そこまで言うのなら」と、朔さんは息を吐いた。片手をひろげる。透明の、小さなガラスの小瓶があった。

「どうぞ、お取りなさい。これで、あなたが本当に恋情を断ち切れるというのならば」

藤崎さんは奪うようにして小瓶を摑むと、栓を抜き、かたちの整った鼻を近づけた。あ、と小さな吐息がもれた。彼女は胸に小瓶を抱いて、ぬかるむ地面に崩れ落ちた。

「いこう」と朔さんが言った。曇空の下、洋館へとまっすぐに歩いていく。

私が足を止めると、朔さんがこちらを見ずにつぶやいた。

「彼女が選んだことだから」

静かだが、毅然とした声だった。

一度だけふり返った。彼女は撃ち落とされた小鳥のようにうずくまったままだった。


数日経っても、藤崎さんが訪れることはなかった。食事の支度と掃除をくり返す平穏な日々が続いた。

朔さんはもう彼女のことを口にしなかったし、私も訊かなかった。薄鼠色の雨がしとしとと降り、庭の植物たちだけがひっそりと輝いていた。

ある朝、郵便受けから丸めた新聞紙が突きでていた。日付は昨日のものだった。乱暴な突っ込み方から新城だと知れた。一晩置かれたスポーツ新聞は湿ってずっしりと重くなり、わずかに膨らんでいた。

配達物と一緒にテーブルに置く。朝食を作っていると、朔さんが下りてきて、指先でつまむようにして新聞をめくった。数回めくったところで手が止まる。そのまま指を離した。

テーブルに水差しとグラスを運ぶ。さっと紙面に目を走らす。

写真に見覚えがあった。「痴情のもつれ」「犯行」「殺人未遂」「不倫の末路」といった文字が飛び込んでくる。殺伐とした単語が並ぶ横に載っているのは藤崎さんの写真だった。男性と腕を組んで幸せそうに笑っている。男性の顔は写っていない。

「藤崎美咲《みさき》容疑者」のあとに三十五という数字がかっこで表示されている。それが彼女の年齢だということに数秒たって気がつく。もっと、ずっと若く見えた。藤崎美咲容疑者は元交際相手の既婚男性を待ち伏せしてフルーツナイフで殺害しようとした。男性は切りつけられたものの全治一ヶ月ほどの怪我で済み、藤崎美咲容疑者は通行人によって取り押さえられた。一緒に死ぬつもりだったと話している、と書かれていた。

「どうして」と声がもれた。「また嘘だったんですか」

「いや、あのときの彼女に嘘はなかったよ」

氷と氷がこすれる澄んだ音がたった。朔さんはグラスに水を注ぐと半分ほど飲んだ。

「じゃあ、なんで……」

「嗅げば、募る。鮮烈な記憶は人を狂わせる。彼女は秘密を抱く覚悟がなかったんだ」

お腹をすかせた子供に菓子の焼ける匂いを嗅がせるようなものだ。もし、その菓子が目の前にあったらどうする。覚悟がなければ、我慢できるわけがない。

そんなようなことをたんたんと言った。それから「だから、お勧めしないと言ったのに」と低い声でつぶやいた。ふっと顔をあげ部屋を出ていく。

呆然と立ちつくす。「わたしだけの」と言う彼女の甘い声がまだ耳に残っている。小瓶を抱いてうずくまる、もがれた花のような姿。朔さんはどうなるかわかっていたのだろうか。こうなることがわかっていたのに、どうして男の匂いを作ったのか。そして、なぜ新城はわざわざ新聞を持ってきたのだろう。知らせなくても済むことなのに。

いや、と思う。朔さんは知りたかったのかもしれない。自分の作りだした香りがもたらす反応と結果を。それこそ、子供のように無邪気に。

——彼女が選んだことだから。

朔さんの言葉がよみがえる。氷が溶けて、また儚《はかな》い音をたてる。穏やかな日々の底に沈む怜悧《れいり》な冷たさを背中に感じた。

窓の外を見ると、小雨の中、傘をさした朔さんが茂みのそばに佇んでいた。水滴ににじんだ庭で、梔子《くちなし》の白い花がぼんやりと咲いていた。

甘く重い香りがゆらめくようにたった気がした。

3
Chypre Note

親指ほどもある太さのアスパラガスは手にずっしりと重い。流しで洗っても、まるで濡れることなど知らないかのように穂先をぴんと立てたまま水をはじく。数センチ落とした根元をピーラーで剝き、薄茶色いはかまを包丁の刃元で取っていく。

朝の光に掲げてみる。混じりけのない緑色。薄茶色く見えたはかまはかすかに紫がかっている。

「茹でずに焼こうか」と朔さんが段ボール箱をたたみながら言う。北海道から送られてきたというアスパラガスは緑のものも白いものもあった。大きめのグラスにぎゅうぎゅうにさして台所のあちこちに置かれている。まるでアスパラガス専門の花屋のようだ。

「少し焦げ目がつくくらいにね」

重ねて言われ、返事をしていなかったことに気づく。「すみません」と流しの下から鋳物《いもの》のフライパンをだす。片手で持つには重すぎて肩が斜めになる。「気をつけて」と声をかけてくれても、朔さんはけして私には触れない。フライパンがコンロに正しく置かれたのを確認すると、朔さんは冷蔵庫からレモングラスの入った水差しを取りだしてダイニングテーブルへ持って行ってしまった。

ひっかかりを感じ、首を伸ばして水差しを見直す。レモンの輪切りを入れ忘れていた。

今日はどうもいけない。目をぎゅっとつぶり深呼吸をしてから、フライパンの火加減に集中した。

朔さんにはいつものカリカリの薄切りトーストを二枚、焦げ目の入ったアスパラガスに目玉焼きをのせ、タイムで香りづけした焼きトマトを添える。胡椒《こしょう》は各自で挽《ひ》く。ダイニングテーブルに運び、雨あがりの庭を眺めながら静かな朝食をとる。

「申し訳ありません。水にレモンを入れ忘れました」

レモンの輪切りを数枚並べた皿を差しだすと、朔さんは「いや、ちょうどよかった」とアスパラガスの一本に絞り、岩塩をぱらりとふった。

面接のときは朔さんのことを神経質そうな人だと思っていた。自分で決めたルールを厳しく守り、まわりの人間にもそれを要求するタイプなのかもしれないと身構えた。けれど、朔さんはひどく繊細には違いないが柔軟なところもあった。

また兄のことを思いだす。彼は自分の習慣もスタイルも変えず、外の世界に合わせることより、自分の世界にこもることを選んだ。小さい頃から自分の決めたルールを厳格に守り、予期せぬことが起きるとパニックに陥った。恐ろしいくらいの偏食で、肌はいつもかさついていた。並んだ布団はいつも彼のほうだけ四隅までぴしりと整っていた。掛け布団と毛布はずれることなく重ねられ、枕は正確にシーツの中心に置く。ずいぶん幼い頃から、兄はそうしないと眠れない子供だった。枕元には明日着る服がたたまれ、その上にそっと眼鏡をのせて彼は目をとじる。眼鏡はひとつの乱れも見逃すまいとするように冷たく光っていた。

「トーストはいらないの？」

朔さんの穏やかな声で記憶の底から引き戻される。

「あ、はい……」

続きを待っている気配がしたので「今日はスコーンも頼まれたので」と慎重に口をひらく。

「おやつの時間があるのかな、と勝手に期待して控えめにしました」

「抜け目がないね」と朔さんが笑う。

「今日は特別なお客さまがいらっしゃるから、ちょっと贅沢にお茶をしよう」

本当は食欲がないのに、小さな嘘をついた。嘘の臭いを嫌う朔さんは、気がついていない様子でトーストにバターを塗っている。この程度なら嗅ぎつけられないようだ。

試したわけじゃない、と自分に言い訳をしながらアスパラガスをナイフの先で切る。濃い緑の味がした。甘みもあり、ほくほくした食感に驚く。

「焼くと味を逃がさないそうだよ。色は茹でたほうがきれいだけど」

「おいしいです。こんな味なんですね」

アスパラガスはお弁当の彩り用野菜くらいにしか思っていなかったのに、焼いただけでしっかりと食事のメインになっていた。半熟の目玉焼きをナイフでつついて、穂先に卵黄をたっぷりと絡める。

「アスパラガスを食べると尿が臭くなるという人がいるんだ」

「尿ですか？」

「そう、良い香りだと書いている海外の作家もいるけれど、卵や腐った玉葱《たまねぎ》のような異臭を感じる人がいる」

訊かれなかったのであえて言わずにいたが、アスパラガスを食べた後の尿の匂いは意識したことがなかった。

「アスパラガスにはアスパラガス酸と呼ばれる物質が含まれていて、消化の際に硫黄化合物を生成するんだ」

「それで卵なんですね。温泉も卵っぽい匂いがしますもんね」

「そう、でも、その匂いを感知できない人間も一定数いる。僕が見たところ、嗅ぎわけられない人のほうが多い気がする。遺伝子の問題らしくてね、アスパラガス嗅覚障害なんていう言葉もある」

「じゃあ、私も嗅覚障害なんですか」

「わからないならそういうことになるね」

朔さんは崩壊した焼きトマトからにじみでた薄赤い汁をちぎったトーストですくった。結果的に自分の尿の匂いを暴露することになり、おまけに障害などと言われている。さつきちゃんが聞いたら怒りで目をまわしかねない会話だ。朔さんは天気の話でもするように続ける。

「でも、アスパラガスの尿の匂いなんてわからなくても別に困らないよね」

「……まあ、そうですね。臭いんでしたっけ？」

「良い香りだと言った海外の作家は、尿瓶《しびん》を香水瓶に変える、と書いているよ」

「人によるということでしょうか」

最後のアスパラガスを四等分して口に入れる。

「うん、人それぞれってことだね。ガスクロマトグラフィーで成分を科学的に分析しても、どう感じるかは人によって違う。匂いの感じ方は経験によっても左右されるしね」

ふと、手が止まる。

「先生はアスパラガス以外も尿から嗅ぎわけられるんじゃないですか？」

朔さんは手を止めずに答えた。

「そうだね、ニンニクとかコーヒーとかはわかりやすいよね。食べ物以外のこともわかるよ。健康状態とか。自分の尿は想定内だから、どっちかというと他人の尿の匂いに反応してしまうかな」

「他人のもわかるんですか？　流しても？」

「流しても空気中には残るからトイレの消臭剤があるんだよ」

今度からは絶対に朔さんの後にトイレを使おうと心に誓っていると、「僕のほうが障害って感じだよね」と柔らかく笑った。

「そんなことより飯食いながら尿の話をするデリカシーの無さが問題だろ」

ふいにざらざらした声が降ってきた。新城が開いたままの扉にもたれている。入ってきたことにまったく気がつかなかった。朔さんはいつから気づいていたのか、目もやらず二枚目のトーストを指先で裂いている。

「一香さんが丁寧に家の手入れをしてくれているおかげだね。新城が乱暴に入ってきても、蝶番《ちょうつがい》も軋《きし》まないし、床もぎしぎし鳴らなくなった」

澄ました顔の朔さんの前に「ほれ」と新城が白い箱を置く。中には深紅の薔薇がびっしりと詰まっている。大家さんの蔓薔薇に似た色だが、もう少しピンク寄りで花もいくぶん小ぶりだ。茎も葉もなく花の首だけで、強く華やかな色にまわりのものがくすむようだ。

「ご希望通り、今朝摘んだばかりだ」

「わかるよ」

朔さんが満足げに目を細める。「ああ、もう、ほとんど寝てねえし吐き気するわ」と新城が椅子にどさりと座る。声が嗄《か》れている。煙草に混じってかすかにアルコールの匂いもした。

「前回のペナルティだろ」

「はいはい、わかってますよ。一香ちゃん、この水もらっていい？」

新しいグラスを取りに立ちあがる。「これ、食べろよ。タイムは二日酔いに効く」朔さんが新城に半分ほどになった焼きトマトを勧める。

「焼き梅干しに番茶もいいですよ。作りましょうか」

「いいね、お湯にタイムも入れて煮だしたら和洋の効能が試せる」

「いいかげんだな！」と新城がわめく。彼がくると空気が軽くなる気がする。なんとなくほっとしながら台所へ行く。

二人の会話がかすかに聞こえてくる。「少女の香りを作って欲しいって」「漠然としているな、幾つの少女？　小学生か中学生か。あと、初潮前か後か」「お前ね、そういうとこだぞ」「僕はニーズを正確に知りたいんだ」途中で自分の皿を下げにいった。まだ少し残っていたが、台所でさっとかき込み、新城に番茶を運んでから昼食の下ごしらえをはじめた。

あまり朔さんの仕事内容を深く知りたくない気持ちが生まれていた。言われたことだけを黙々とこなしたい。

昨日作った塩豚の煮汁で白インゲン豆を炊く。そこに茹でこぼしたベーコンを刻んで入れ、塩で味を調える。後でパスタと絡め、仕上げに香りづけのローズマリーを一枝落とす。すべて朔さんのレシピ通りに手を動かす。パスタの種類の指示がない。確か、朔さんは耳たぶ型パスタのオレキエッテが好きだ。乾麺の棚を探していたら、「一香さん」と呼ばれた。

ふり返ると、尖った革靴を隣の椅子に載せてだらしない姿勢で茶をすすっている新城が目に入った。案の定、立ちあがった朔さんが脚を叩く。あ、と思う。新城には触れるようだ。

朔さんは薔薇の箱を持って台所にやってくると、「ザルあるよね、大きめの」と上の棚に目をやった。背伸びをして、朔さんの視線の先の棚からザルをいくつかだす。朔さんは薔薇の首をひとつ取ると、両手で包み、がくを捻《ひね》るようにしてちぎった。赤い花びらがはらはらと落ちていく。

「これ、ぜんぶ花びらにしてくれる？」

言いながら、もうひとつ花を取る。大輪の薔薇が朔さんの手の中でほどけて音もなく散った。血まみれの手で微笑んでいるように見えた。

庭の奥には古いログハウスがある。香料植物と薬用植物の菜園のずっと奥に、屋敷を防御するように背の高い樹々が密集しており、源さんは樹木園と呼んでいる。ログハウスはその中にあり、用具入れと源さんの休憩所を兼ねている。朔さんの香料抽出用の大きな機器類もある。

ログハウスの入り口の、幅のあるはしごのような木の階段に腰かけて、スケッチブックに色鉛筆を走らせる。立派なアスパラガス、朝食に使ったタイム、さっき摘んだローズマリー、そして朔さんに命じられてばらばらにした深紅の薔薇の絵を描く。

「うまいな」

手押し車を押してきた源さんが、軍手の甲で汗を拭いながら言った。ここは日陰で涼しいが、日の当たる菜園はもう真夏のような暑さだ。

手を止めて、自分の絵を眺める。

「ただ描けるだけです」

「見たまま描けるなんてすごいことじゃないか」

口だけで微笑を作る。この子は植物の描き方が違います。緑をただ緑色に塗るのではなく、いろいろな色を混ぜてたくさんの緑を作れるのです。先生のそんな言葉で調子に乗れたのは中学生までだ。高校生になり、美大を目指す子たちとの差がどんどんひらいていくのに臆して、私はあっさりと絵を描くのをやめた。

　そもそも、私の絵の才など両親の目には入っていなかった。クレヨンとスケッチブックを与えておけば大人しく遊んでいるとしか思っていなかっただろう。彼らは兄にしか注目していなかった。

「本当に才能のある人は見えないものまで描けるんです。現実のものを描きながら、現実にはないものを見せることができる。それが人の心を動かす芸術だと思っています。先生のように」

「朔さんは絵も描くのかい？」

「いえ、でも先生の作る香りは人の心を動かすようなので……天才なのだろうな、と思うんです。ちょっと無責任で乱暴な言葉ですが」

「そうだなあ」と源さんは私の隣に腰かけた。麦藁帽子を取って、首に巻いた手拭いで頭をごしごしと拭いた。

「芸術なんちゃらはおれにはわからんが、朔さんは特別な人ではあるんだろうな。今は休憩かい？」

「先生が台所を使っているので、自由時間をいただきました」

「めずらしいな。なにしてるんだ」

「薔薇のジャムを作っています」

源さんは腑に落ちない顔で「ん、ああ」と言った。新城が買ってきた薔薇は、さ姫《ひめ》という食用薔薇だそうだ。源さんは腰の水筒を外し、コップ代わりの蓋に茶を注いで渡してくれた。

「いただきます」と両手で受け取る。よく冷えた、燻製のような香りのほうじ茶だった。

「京番茶だ。逝っちまった女房が京都のやつでね、焦げ臭え茶だと思っていたが、慣れるとどうも癖《くせ》になってな」

「おいしいです」

源さんは優しいが、あまり喋るほうではない。沈黙が流れる。木漏れ日がちらちらと揺れ、木陰の向こうには菜園が見える。ここの庭は静かなのに、昼間は騒がしく感じた。たくさんの植物たちが色や香りをまき散らしながら太陽の下でさざめいている。

「先生は」と、つぶやいていた。「ほんとうに鼻がいいんでしょうか」

「どうしてだい」

「先生にとっての良い匂いと悪い匂いの違いがわからないのです。例えば新城さんの煙草の臭い、私でもわかるくらい強いのに言及したことはありません。けれど、一般の人にはわからない嘘の臭いは毛嫌いしています」

いま思えば、面接のときも嘘をつかないか試されていたような気がする。

「新城さんの煙草臭は慣れてしまって気づかないのでしょうか」

「それはない。慣れるということを知っている人間は慣れないんだ、嬢ちゃん」

源さんはきっぱりと言った。嗅覚には同じものを嗅ぎ続けていると感じなくなる嗅覚順応という特徴があるらしく、プロの調香師はそのことを熟知しているそうだ。

「おそらく、朔さんにとって良い匂いも悪い匂いもないんだろう。彼は匂いに対してひどく平等だ。初対面の人の体臭についてあれこれ言うのは分析しているだけであって、彼からしたら否定してるわけじゃないんだろうな。新城のヤニ臭さはいつものことで、逆にそれが変わったときになにか言うんじゃないか」

「そういえば、今朝は二日酔いだと指摘していましたね」

「嗅覚ってのは本能だよ。朔さんは野生動物みたいなもんだ。嘘の臭いを嫌うのは、人の嘘が自分に不利益な結果をもたらしたことがあるからじゃないのか。例えば、とんでもなくいい香りの花畑の中で蜂に刺されたら、どんなにいい香りでも悪い印象を持っちまうだろ。人間は忘れっぽいから、それくらいはすぐ忘れちまうかもしれないが、朔さんみたいに正確な嗅覚を持っていたらなかなかそうはいかないんじゃないか。嬢ちゃんみたいな女の子が顔をしかめるヤニ臭さも、朔さんにとっては長年親しんだ友人の、危険のない匂いなのかもしれんな」

前に、朔さんが言ったことを思いだす。

――香りは永遠に記憶される
「それって嫌なことがあったら忘れられないってことでしょうか……」

「そうだな、わからんけどな。嬢ちゃん、気になることがあるなら訊いたらいい」

喋り疲れたのか源さんは茶をたて続けに飲んだ。

気になることは他にもあった。

ずっと、逮捕された藤崎さんの顔が忘れられない。どうして朔さんは人の心を狂わすと知っていながら香りを作ってしまうのか。あの後も新城が怪しげな依頼を持ち込むたびに、その結果を知りたくないと思った。報酬のためなのか、好奇心なのか、なぜ朔さんは依頼された香りを忠実に作ろうとするのだろう。自分の作った香りがもたらす不幸な結果で自己嫌悪に陥ったりしないのだろうか。

ここ数日、同じ夢ばかりみる。

暗闇にひろげられた掌。血の気の失われた、蠟のような質感の掌がゆっくりと近づいてくる。皺や爪のかたちに見覚えがある。けれど、暗闇で顔は見えない。「選んで」と掌は言う。いつの間にか掌にはガラスの小瓶がのっている。藤崎さんが迷いなく手に取った小瓶だ。私は選べない。選んでも責任を負えないから。でも、知っている。選ばなくても悲劇はやってくることを。背後でなにかがぶら下がっている。二本の細い影が足元にまっすぐ伸びてくる。ふり向かなくても、それがなにか知っている。

すうっと深く息を吸った。湿った土と樹々の匂いがした。現実に意識を戻す。ゆっくりと呼吸を整える。

「私は雇われているだけなので、私がどう思おうが業務には関係ありません」

「そう思いたいんだな」

鋭い言葉にひるんでしまう。

「なにを気にしてるのかわからんが、あの人はいい人だ」

身構えた私に、源さんは目のまわりを皺でいっぱいにして笑いかけてきた。

「初めて会ったとき、おれも言われたよ。あと、半年放っておいたら命の保証はない、すぐに病院に行くか、僕の言葉を無視するか、選んだらいいってね。重篤な肝機能障害だった。口臭でね、わかったそうだ。でもな、朔さんじゃなくてもわかるほどの口臭だった。おれのまわりにいた人間がなにも言わなかったのは、当時のおれが誰ともまともに口をきこうとしなかったからだ。そんなおれに朔さんは迷うことなく指摘してくれた。誰がなんと言おうと、彼はいい人間だよ」

安心しな、と言うように源さんは私の肩を叩いた。叩いておいて、はっと自分の手を見て「ちゃんと軍手外してたわ、焦った焦った」と大きな声をだして笑った。

そのとき、小枝を踏む音がした。源さんの向こうの樹々の間に、白っぽい小さな人影が見えた。近づいてくる。

白いレースのワンピースを着たお婆さんだった。光沢のあるロングカーディガンをはおり、女優のようなつば広の帽子を斜めにかぶっている。

目が合った気がしたのに、お婆さんはどこかぼんやりした目でこちらを見つめている。朔さんを彷彿とさせるまなざしだった。

源さんが首に手拭いを巻きなおしてそそくさと立ちあがる。侵入者に対して容赦のない彼らしくない。

「源さん、おひさしぶり。ずいぶんとご機嫌そうね」

お婆さんがハスキーな声で言った。ぎくりと足を止めた源さんが「あの婆さんは苦手なんだ」とぼそりとつぶやく。「あら、逃げるの」とお婆さんが愉快そうに笑う。聞こえるような距離ではないはずなのに。くすくすと笑う。

「相変わらず意気地のない人だこと。そこのお嬢さんは屋敷の人かしら」

「はい」と立ちあがる。「先生を呼んできます」

「お気遣い、ありがとう。でも、もう気づかれたみたいだわね」

見ると、菜園を横切ってくる朔さんの姿が見えた。お婆さんは少しも顔を動かさない。その手元に目がいく。片手には白い杖があった。まぶしいはずの太陽の光に目も細めない。あ、と気がつく。目が。

「ミツコさん」

朔さんが親しみのこもった穏やかな声で呼ぶ。

「もう少し散歩されますか?」

「あなたに不意打ちはできないわね。いつから知っていたの」

「いらっしゃったときからです。気の済むまで庭を散策させて差しあげようと思っていたのですが、僕のお腹が減ってきてしまいまして。簡単なものでよろしければ、お昼をご一緒しませんか」

「お言葉に甘えさせてもらうわ。あたしもお腹がぺこぺこ」

ミツコさんと呼ばれたお婆さんは身体の向きを変え、白い杖を小刻みに動かしながら歩きだした。朔さんが手を貸さないので、私も二人の後に従った。ミツコさんは玄関前の石段をすんなりと上り、洋館に入ると「失礼」と言って来客用の洗面所に消えてしまった。

「お元気な方ですね」

思わず感嘆をもらすと、「古き良き時代の大和撫子《やまとなでしこ》だよ」と朔さんが楽しそうに耳打ちした。

源さんには卵焼きと塩豚のスライス、胡瓜《きゅうり》と茄子《なす》の浅漬け、それに彼の大好物の塩むすびを運んだ。塩豚のサラダを作り、白インゲン豆のパスタを仕上げている間もダイニングルームからずっと朔さんとミツコさんの朗らかな談笑が聞こえてきた。

食事中も彼女はなにも助けを必要としなかった。さっと手を這わせ、自分のランチョンマットのどこになにがあるかを把握すると、朔さんが抜いた白ワインを飲み、美味しそうに料理を食べた。私のほうがよほどこぼしたり、食器の音をたてたりしていた。

ミツコさんと朔さんは雰囲気がよく似ていた。慎重で優雅な動きも、皮肉の混じった喋り方も、そして、なにを見ているかわからない目も。

「ミツコさんのお名前はどんな字を書かれるんですか？」

ふと思って訊くと、うふふと笑った。「英字かしら？」と朔さんのほうへ頭を傾ける。少しの混じりけもない、きれいな白髪だ。色素の薄さも二人は似ている。

「有名な香水の名前なんだ」と朔さんはミツコさんのグラスにワインを足しながら言った。

「フランス人がイメージした東洋の女性の香りでね、百年前くらいに作られた素晴らしい香水だよ。複雑でミステリアスな、淑女のための香りだね。はじめて会ったときに彼女がつけていたんだ。だから、ミツコさんと呼んでいる」

「もう飽きたからつけてないわよ」

ミツコさんが悪戯《いたずら》っぽく笑う。「すぐに飽きちゃうからね、この人は」と朔さんが大げさにため息をつく。

「愉《たの》しんでるくせに。こんなこと言っているけど、あたしが見つけたのよ。嗅いだこともない香りの人がいたから声をかけたの。見つけることはあっても、見つけられたことはないって吃驚《びっくり》してたわね。後にも先にも、小川さんの驚いた顔を見たのはあの一度きり」

「ミツコさん、見えないでしょ」

朔さんがぎょっとするようなことを言う。

「あら、あなた、ほんとうにあたしが見えないと思ってるの。ほら、食事が済んだなら早く新しい香りを持ってきてちょうだい」

いつの間にか、朔さんの皿は空になっていた。カトラリーの音でわかったのだろうか。ずっと喋っていたというのに。ぞくっとした。気を抜くと、見えない場所まで簡単に覗き込まれてしまう気がする。朔さんもミツコさんも、私では感知できない世界に通じているのだ。それがもっとも大きな二人の共通点だった。

「ミツコさんにはかなわないな」

朔さんはちっとも困っていない顔で立ちあがり二階へと上がっていった。

しばらく沈黙が流れる。

「そんなに緊張しないの、取って食いやしないから」

掠れた声で笑いながらミツコさんが言った。

「あ、すみません……」

ついフォークを落としてしまう。高い音がたった。うるさいだろうな、と申し訳なくなる。

「あなた、若いのに複雑な空気をまとった子ね」

「え」

ミツコさんがまぶたをとじる。皺だらけの顔には少女のようなあどけなさがあった。

「秘密のにおいがするわ。だから、小川さんが気に入ったのね。においって言ってもあたしは小川さんのような嗅覚は持ち合わせていないけど。そうね、気配みたいなもの。小川さんが作っているのも秘密の香りなのよね。その人だけにしかわからない、世界で唯一の香りを作ることを彼は生きがいにしているわ」

小瓶を胸に抱き、地面に崩れ落ちる藤崎さんの姿がよぎる。ミツコさんは薄い唇でくすっと笑った。

「怖がらないで。こんなお婆ちゃん、怖がることはないでしょう。小川さんもよ、アンモニアでも嗅がせればひっくり返るわよ。自分を怖がるのは仕方ないけれど、目の前のものをよく見ずに恐れるのはとても損。あたしが小さい頃にね、戦争があってね、鬼畜がやってくる、この国は終わりだ、と大人たちは嘆いていたけれど、やってきたのは嗅いだこともない香りの甘い菓子をくれる米兵さんたちだったわ。あたし、喜んで手を伸ばしたわ。だって、新しいものは面白いじゃないの」

「この人のはじめての依頼は米兵がくれたチューイングガムの香りだったんだよ」

苦笑しながら朔さんが部屋に戻ってきた。

「世界一の調香師に、世界一安っぽい駄菓子の香りを作ってもらうのよ。わくわくしたわね」

「さあ、ミツコさん、応接室へどうぞ。そこで香りをお試しください」

ミツコさんはにっこりと笑うと、「ご馳走さま」と立ちあがった。「あの」と思わず声をかける。「私も行っていいでしょうか」

片付けをするように言われるかと思ったが、朔さんは私の顔を見返して、それから静かに頷いた。

「せっかくなのでお茶の準備もします。ミツコさん、先にくつろいでいてください」

そう言うと、めずらしく「手伝うよ」と食器を台所に運びだした。「ありがとうございます」と頭を下げる。我がままなことを言って申し訳ない気持ちがあったが、謝らないほうがいいような気がした。

アッサムを濃いめに淹れ、スコーンにはクロテッドクリームと朔さんが作った薔薇のジャムを添えた。宝石のように紅いジャムだった。

紅茶やスコーンはドアのそばに停めたワゴンに残して、朔さんはソファに座るミツコさんの横に片膝をついた。透明な液体をスポイトで吸い、細長い匂い紙に一滴落とした。アルコールが飛ぶのを待ち、ミツコさんに手渡す。ミツコさんは顔の前に持ってくると、華奢《きやしや》な手首をわずかにふった。

ふっと表情がゆるむのがわかった。人が香りに出会うとき、こんな風に素直に感情がこぼれてしまうものなのかと驚く。

「恐ろしく上品な香りね。こんなもの嗅いでしまったら、もう後戻りできないじゃない」

ミツコさんの口からほうっと息がもれる。その仕草には艶《なま》めかしささえ感じられた。

「ミツコさんの探求心に敬意を表して最高級のイリスを使っています」

「イリス」

「アイリスですね。アヤメ科の、よく西洋の絵画やジュエリーのモチーフになる紫や白の花です。香料は花や茎ではなく、塊状になった根茎を熟成させ、六年以上かけて抽出されます。手作業で、大変手間のかかる工程を経て、最高の香りは作られます。土の下の、見えない場所に咲く花です」

「ほんとうに」とミツコさんがつぶやいた。

「深く、深く、咲くのね。華やかなのに土の温かみもあって、どこか懐かしい香りもするわ」

朔さんが満足げに微笑む。

「フレッシュな、い草の香りも潜ませています。ミツコさんのご実家ではお盆に備えて初夏の頃に畳替えをしたと以前おっしゃっていたので」

「ああ、これは……本物ね。最近は偽物の畳が多いから」

そう言った後、くくくとミツコさんの喉が鳴った。声をだして笑う。

「あたしも郷愁を覚える歳になったのね。いいわ、気に入りました」

「では、杖を拝借します」と朔さんがすっと立ちあがった。ソファに立てかけてあった白い杖を持って応接室を出ていく。

「杖のグリップに香りを仕込むのよ」

ミツコさんは深々とソファにもたれていた。急いでスコーンの皿を並べ、湯気のたつ紅茶をティーカップに注ぐ。

「そうしたら、あたしはいつも素敵な香りに導いてもらえるでしょう」

まるで香りに酔ったような声だった。匂い紙をたったひとふりしかしていないのに、上質な白粉《おしろい》のような香気が辺りにただよっていた。ゆったりとくつろぐミツコさんは深い森の奥で眠る高貴なお姫さまのように見えた。

「よくお似合いでした」

紅茶を勧めると「当たり前よ」と顎を持ちあげた。くすくすと笑い、「いつかあなたも最高の香りを作ってもらいなさいな」と手を差しだしてきた。そっと触れる。ひんやりとした小さな手なのに、指の関節はごつごつと太い。掌は驚くほど柔らかかった。しっとりと私の手を包む。この人はこの手で見てきたのだ。

しっかりと握り返すと、「痛いわね」と甲をぴしゃりと叩かれた。ひとしきり笑い合い、二人でスコーンを食べた。

宝石のような紅いジャムをスコーンに塗り、ひとくち食べるとミツコさんは微笑んだ。

「ねえ、小川さんたら、いったいどれだけの花を犠牲にしたの。頭の中に花畑が広がったわ」


迎えの車が来て、ミツコさんが帰ってしまった後も朔さんは応接室に居続けた。一人掛けのソファに座り、思案するように動かない。

私は所在なくワゴンのそばに立ちつくした。ミツコさんと握手をした手には高貴な香りがかすかに残っていた。そっと嗅ぐと、「紅茶をもう一杯もらえる?」と声をかけられた。

「はい、淹れなおしてきます」

「いいよ、そのままで。ミルクを入れて飲もう」

促されたので、二人分のミルクティーを注いで朔さんの向かいに座った。ミツコさんが座っていた場所だ。彼女よりずっと深く自分の身体がソファに沈むのを感じた。小柄な人だったのだといまになって気づく。

褐色のミルクティーに朔さんは角砂糖を二つ入れた。銀のスプーンで丁寧に混ぜ、ゆっくりと時間をかけて半分ほど飲むと、ティーカップをソーサーに戻した。手を組む。

「ミツコさんは大体三ヶ月から半年おきにくるんだ。今までずっとそうだった。今日でおそらく最後になる」

どう返事をしたらいいかわからなかったので、ただ「はい」と頷いた。

「つまり、彼女は三ヶ月持たないということ」

言葉にされると、抗うことのできない絶望が浸み込んでくるようだった。

「だから、最高級の香料を使ったんですね」

「彼女には言葉で伝えるような野暮はしたくなかったから」

「でも、あの方、わかっていると思います」

「そうだろうね」

長く、静かに息を吐く。

「自分の願いや希望が叶わないことを、自分の感覚がなにより雄弁に教えてくれるんだ。だから、僕は人よりずっと諦めが早いし、彼女もそうだと思う」

朔さんは自分に言い聞かせるようにつぶやいた。なにか言わねばと口をひらきかけ、なにひとつ見つけられずにまたとじた。自分の死期を悟ることのできる慎ましやかな獣を想った。きっと見守ることしかできない。

しばらく沈黙が流れた。すっかりぬるくなったミルクティーを飲み干すと、朔さんが顔をあげた。灰色がかった目が私を見つめている。

「一香さんは大人しい学生だった？」

「え」

「先生の言うことにきちんと従うタイプの」

唐突な質問に戸惑いながらも頷く。

「そうですね、中高と問題を起こすような生徒ではなかったと思います」

小学生の頃は絵がうまいと褒められ、目立つことが怖くはなかった。

「僕のことを先生と呼ぶのは、余計なことを考えずにここのルールに従いたいからだよね」

急に核心を突かれ、言葉に詰まる。そうなのだろうか。そんなような気もする。先生と口にすると安定感を得た気分になるのは、自分で考えることを放棄したいからなのか。

「そう、なのでしょうか？」と変な返事をしてしまう。

「ルールに従うほうが楽？」

少し考える。

「慣れてはいるのかもしれません」

「別に責めてはいないんだけど。居心地の好いようにしてくれたらいいから」

朔さんがめずらしく困った表情を浮かべた。すぐに、すっと目を細めて微笑む。

「僕が怖い？」

かすかに心臓が跳ねた。そして、それを見抜かれている気がした。応接室の窓はしっかり閉めてしまうと外の音がほとんど入ってこない。密閉されたような静けさの中で、私の唾を飲み込む音が響いた。

「……教えて欲しいことがあるんです」

「なに」

朔さんの声は同じだ。紅茶やトーストのお代わりを頼む声音となにも変わらない。

「どうして藤崎さんに依頼された香りを作ったんですか？　一度は断ったのに」

「作ってみたかったから」

やはり平素と同じ声で朔さんは言った。

「僕はモラリストじゃない。可能か、と問われれば試してみたくなる、それがどんな香りでも。一般的には、彼女のためを思うなら、精神的に不安定なときにああいった香りを手渡すべきじゃないと判断するのだと思う。でも、僕は彼女のためを思うほど彼女をよく知っているわけではないし、彼女の選択を尊重した」

匂いの成分について説明するときのようなたんたんとした口調だった。

悪意はない。筋は通っている。けれど、私はきっと朔さんのモラルの無さに無慈悲さを感じているのだと思う。朔さんは正しさや優しさを求めていない。後悔も罪悪感もない。ただ、自分にしかできないことを忠実に追いかけている。天才と呼ばれる、私とは違う人間なのだ。

「すみません」と謝った。「私には少し受け入れ難かったんです」

「いや」と朔さんが微笑む。「謝ることではないよ」

「もうひとつ、どうして私なんですか？」

せっかくの機会なので気になっていたことを訊いた。

「履歴書を送ってきた便箋の匂いに雑味がなかった」

「そんなところからですか」

「香水をつけていなかった。あと、あなたの体臭はうるさくない。たぶん、感情の浮き沈みが人より少ないから。理由があるのか、性質なのかまでは僕にはわからないけれど」

朔さんが脚を組み、ソファが軋んだ。こめかみに片手を当てる。

「嘘つきの臭いだけがどうしても駄目なんだ。たくらみのある人、腹になにかある人、そういう人がまわりにいると気が散ってしまう」

「私も嘘をつきますよ」

「些細《ささい》なことはね、みんなそうだろう。でも、嘘をつくというのは気力のいることだから」

「気力、ですか」

「自分を騙すにしろ、相手を騙すにしろ、それなりに身体にストレスがかかるからね。ある意味、たくましいってことだよ。もちろん息を吐くように嘘をつく、病的な嘘つきもいる。そういう人間の嘘はわからないこともあるけど」

優しくしてくれるさつきちゃんを思いだす。彼女にも話していないことが、私にはある。

「私、友人にも本当のことを話さず、欺いています」

言ってから、これではまるで懺悔《ざんげ》だと思う。目をそらす。朔さんが身じろぎした気配がソファの軋みで伝わってきた。ソファのスプリングはどうやって手入れをすればいいのだろう、と見当違いなことを考えてしまう。

「一香さんは」

深い紺色の声で名を呼ばれた。

「取り繕っているだけ。もしくは流している。おそらく、あなたの中にはいま気力がない。人の言葉や出来事を受け止めて、呑み込んだり弾き返したりするのが難しい状態にある。だから、感情を抑制してやり過ごす。それは嘘とは違うよ。欺いてもいない」

自分の手を見つめた。いつの間にか、膝の上で握っていた。

「……でも、逃げてますよね」

「逃げてはいけない、なんて道理を聞かなくてもいいよ。そんなのは、人を殺す正義だ」

かたい声に思えた。朔さんを見ると、柔らかく笑い返してくれたが、いつもどこかぼんやりした目の奥に埋火《うずみび》のような烈《はげ》しさが見えた気がした。

「ここが少しでも苦痛になったらすぐに離れたらいい」

人の選択を否定しない朔さんならばそう言うだろうと思ったが、一抹の寂しさを感じた。口にはしなかったけれど。

「そうそう」と朔さんが声のトーンを変えた。

「今朝、新城と話していた少女の香りの依頼者はね、人形作家らしいよ。自分で作った人形をより完全にしたいんだって。何体あるかわからないから、出向こうと思っている」

「本当にいろいろな依頼があるんですね」

朔さんが小さく笑った。

「少しは興味がわいてきた？」

「どうでしょう」

正直に言った。けれど、朔さんを怖いと思う気持ちはいくぶん収まっていた。朔さんが立ちあがり、窓をひとつ開けて金具を留める。窓の下の砂利道を手押し車が通っていく音がした。その音が遠くなっていくのを待って、朔さんが「これでもね」と言った。

「はじめて会った人の死を悲しめる君のまともさに、僕は救われているところがあるんだよ」

思わず「それだけじゃないです」と腰を浮かしてしまった。

「あの人がいなくなったら、先生は理解者を失ってしまうんじゃないかと思って……」

朔さんの顔に浮かんだものを見て、言葉が途切れた。いつもの微笑みとは違う、捉えどころのない表情だった。諦めるような、可笑《おか》しむような。そして、さっきまで私を見つめていた灰色がかった目はまたどこか遠くに行ってしまっていた。

「そんなものはいないよ」

穏やかな声でそう言うと窓の外へ目を細め、「そろそろ時間だよ」と終業を告げる。その声に反応するように古い柱時計が低く、重く、鳴りはじめた。

ティーカップの底では、紅茶が茶色い染みになっていた。

4
‥
Woody Note

洋館へ行かない日の朝は遅い。

起きあがるのが遅くなればなるほど朝は重くなっていく。カーテンの隙間から差し込む光はどんどんまばゆさと熱量を増していき、頭からくるまったタオルケットの中にもじわじわと侵食してくる。昼近くにようやく諦め、脱水気味のけだるい身体をひきずるようにしてベッドから這いだす。

そんなとき、兄の部屋の暗さを思いだす。

たったひとつの窓にボール紙を貼りつけ、二重に遮光カーテンをひき、ひとすじの光の侵入も許さなかった彼の部屋はいつでも深海のようだった。パソコンのモニターから放たれる青いライトは陰気な深海魚を思いおこさせ、何年も動かない空気が澱んでいた。ときおり、ドアが音もなく開く。頭ひとつ通るか通らないかくらいの隙間から白い手がぬっとでて、母が廊下に置いた水や食べものを摑むのを目にすると、暗い水に呑み込まれたように息が苦しくなった。私はいつも顔を背けた。

カーテンを閉めきった部屋で誰とも話さずにいると、緩慢に死んでいくような心地になる。

兄もそれを感じていたのだろうか。それとも、そうなることを願っていたのか。願って、待って、待つことに倦《う》んで、だから自らの手で――。

思考はいつもここから進まない。私にはわからないからだ。仕事に行けなくなり、アパートの一室で食べて眠るだけの生活を半年以上送っても、なにも見えてこなかった。記憶の中の、暗く沈んだ兄の部屋は私を拒み続けている。まるで私が光の側にいる生き物だと決めつけるように。

むくんだ足で窓へと向かい、カーテンをあける。強い日差しが目の奥と部屋を一瞬で染めぬき、立ちくらみに似た感覚によろめく。

窓枠にもたれていると、白っぽい視界にゆっくりと色が戻ってきた。わずかでも萎《しお》れた花を大家さんは容赦なく切り落としてしまうので、蔓薔薇の垣根は葉と蔓だけになっている。その緑も照りつける太陽で乾燥し、黒ずんで見える。外は暑そうだ。

簡易キッチンで湯を沸かし、ハーブティーを淹れる。カモミールを中心に朔さんが配合してくれたものだ。休みの前の日にいつも手渡してくれる。「数日はなるべく冷たい飲みものは避けてね」と言いながら。

沸騰した湯を注いで三分、透明なポットはごくごく薄い黄緑色になる。最初は味がまるでわからなかったけれど、飲むうちに香りがわかるようになってきた。カモミールの青林檎《あおりんご》のような爽やかな甘み、柑橘と生姜がほのかに香り、最後に針葉樹のようなすっとした緑が鼻を抜けていく。湯気を吸うと自然に深い息がもれる。朔さんの作る香水のように重層的に変化していく。

下腹に鈍痛を覚えて洗面所へ行くと、白い便器に赤黒い血が散った。

もう驚かない。ああ、やっぱり、と思う。

ここ数年ずっと生理不順が続いているのに、朔さんに休みを提案された次の日には必ずる。手足のむくみも、身体のだるさも、眠気も、まだやってこないうちに、朔さんは私の体調の変化を嗅ぎとる。便座に腰かけたまま、腕を鼻に近づけてみるが、私の嗅覚では寝汗の匂いすら拾うことはできない。

朔さんが私の体調を気遣って休みをくれるのか、経血の匂いが厭《いと》わしいのかはわからない。はっきりさせようとは思わないけど。

蒸し暑い洗面所を出ると、携帯の画面に通知が並んでいた。ほとんどがさつきちゃんからのメッセージだ。さつきちゃんも今日は休みらしい。一香も休みならどこかに遊びにいこう、と楽しげに並んだ文字に埋もれるようにして「不在着信」の報《しら》せがある。

母からだ。下腹の痛みにぐっと重さが加わった。

まだ熱いハーブティーを飲み干して、さつきちゃんに返信を送る。サイドテーブルの上に飾っていた新品の麦藁帽子を手に取った。幅広の焦げ茶色のリボンが気に入っている。生理は重いほうだけれど、今日くらいは動けるだろう。

母への電話は夜かけることにして、麦藁帽子を持ったまま立ちあがった。

さつきちゃんが指定した待ち合わせ場所は、街中の交差点の角にあるドラッグストアだった。肌を露出した男の子や女の子が大声で笑いながら目の前を通り過ぎていく。まわりが見えていない若者たちの騒々しさに、身体がじりじりと後退していき、排気ガスで汚れたガラスに手首がぶつかってやっと、人の多さが夏休みのせいだと気づく。

学生の頃は夏休みが苦手だった。夏休みだけではなく、冬休みも大型連休も。学校以外に行き場のなかった私にとって、休みは家にいなくてはいけない重苦しい時間だった。

ギイ、と油をさしていない音がした。きつい尿臭が鼻をかすめる。煮しめたような汗の臭い。丸めた毛布や膨らんだゴミ袋をあちこちに縛りつけた自転車が横に停まっていた。その傍らに男がいた。男は鼠色に汚れた大きすぎる服をまとい、道端にしゃがみ込んだ。絡まった毛髪と髭でおおわれ顔はほぼ見えない。伸びきった襟ぐりから骨ばった鎖骨が覗いている。長いこと身体を洗っていない臭いがした。

道行く人の笑い声に身体がこわばる。暑さによるものとは違う粘ついた汗がにじむ。

覚えのある臭い。

不衛生な臭いが兄の部屋の隙間からもれだしてくると、私は顔を背けて気がつかないふりをした。嫌な顔をしてしまったら彼の尊厳を傷つけてしまうようで。

でも、違った。私は自分の肉親が臭っていることが恥ずかしかったのだ。だから、こんな風に似た臭いに出会ってしまうと、落ち着かなさと羞恥で身体がねじれそうになる。

地面にしゃがむ男に背を向けた。けれど、通り過ぎていくサラリーマンの汗の臭いを鼻が拾う。生乾きのTシャツ、酸味を帯びた体臭、頭皮の脂……ぬるい空気をつたって、すれ違う男性たちの中に兄の思いだしたくない断片を見つけてしまう。

逃げるようにドラッグストアへ入った。化粧品や芳香剤、洗剤などの人工的な香りがエアコンの冷気と一緒に吹きつけてくる。汗がひき、あっと言う間に身体の表面が冷えていく。白っぽく清潔そうな店内を歩きながら朔さんのことを考えると、頭の中がゆっくりと深い紺色に染まっていった。

――永遠に記憶される
朔さんはそう言った。こんな永遠はあまり嬉しくない。もっと違うものを記憶しておきたかったけれど、人は記憶を選択することはできないのだろうか。

いったい朔さんはどれほどたくさんの忘れられない匂いを抱えているのだろう。そもそも、朔さんにとって汗臭い人混みの中と、人工的な匂いのドラッグストアでは、どちらが負担なのだろうか。朔さんの優れた嗅覚は私の想像をはるかに超えていて見当もつかない。

「一香、ごめんね！」

後ろから溌剌《はつらつ》とした声がした。ミントグリーンのボウリングシャツを着たさつきちゃんが「あっついねー」と笑っている。いつも元気そうだ。

さつきちゃんは「ストローハットかわいい」と褒めてくれたあと、私の顔を覗き込んだ。「なんかあった？」ううん、と笑顔をつくって首をふる。さつきちゃんはちょっと勘がいい。「たくさん寝たからぼんやりしてるだけ。休みが合って良かった」

「そうだね。でも、一香の休み決まるのっていつも急すぎじゃない？　無理言われてない？」

　ちょっとどころじゃなく勘がいい。生理がきたら休みになるのだと言ったらややこしいことになりそうだ。「雇い主に出張が入るときだから急なんだよね」と嘘をつく。相手が朔さんではないから気づかれるはずもないのに緊張する。嘘はきっと、健康に悪い。

　さつきちゃんはふうんと言いながらも私を見つめている。突然、勝気そうなその目がすっと動いた。

「あ、オリザ」

　ひきよせられるように口紅のポスターに近づく。

「フランス人とのハーフらしいよ。すっごいきれいだよねー、演技もすごいし」

　しっかり者のさつきちゃんが女の子の顔になっている。凛《りん》と美しいけれど、艶《あで》やかな色気もあるオリザは彼女の憧れだ。もともとは雑誌モデルだったけれど、有名な映画監督に演技力を見いだされ賞をとってからは女優として活動している。最近は舞台もやっているんだよ、とさつきちゃんが語る。

「くだらないバラエティ番組とかはでないし、自分を安売りしない実力派なのが格好いいんだよね」

　確かに美しい人だ。スタイルも素晴らしくいい。けれど、彼女は最近の朔さんの不機嫌の元凶でもある。

オリザさんは朔さんの顧客だ。私も数回、彼女を迎えたことがある。彼女はいつもランニングの途中のようなトレーニングウェアでやってくる。フードを目深にかぶって度のきつい眼鏡をかけ、ひどく不愛想だ。横柄な人ではないが、声が聞きとれないほど小さく、私とはいっさい目を合わせようとしない。

オリザさんは朔さんと二人きりで応接室にこもる。物音ひとつ聞こえてこない。その間、私は彼女のマネージャーにお茶を勧める。背が高く、真面目そうで、教師みたいな雰囲気の男性だ。「申し訳ありません。彼女はとてもシャイなんです」とやはり受け持ち教師のようにオリザさんのふるまいを弁解していた。

朔さんの顧客になるにはいくつか守らなければいけない約束事がある。そのひとつは「la senteur secrète」の情報を他言しないことだ。洋館の場所も、調香師である朔さんのことも、話してはいけない。もし香りを希望する者がいれば新城を通すことになっている。私たちにも守秘義務がある。「顧客と僕らとは秘密で結ばれた関係なんだよ」と朔さんは言う。

その約束をオリザさんは破った。一ヶ月ほど前から、若い女性が頻繁に洋館を訪れてくるようになった。みな整った顔と体型をしていて、テレビや雑誌で見たことがある子もいた。彼女たちは皆一様に「オリザさんに作った美しくなる香水をください」と懇願した。もちろん朔さんは応じないばかりか、すっかり嫌気がさして一週間前に玄関チャイムを外してしまった。

おかげで業者や配達員の人たちが炎天下、「こんにちはー！」「すみませーん！」と声をからすことになっている。普段の朔さんなら来客は匂いですぐ気づくが、調香に集中するときは他をシャットアウトするらしい。機嫌が悪いとその集中力が乱れがちになるようだ。

「ねえねえ一香」

さつきちゃんに呼ばれて現実に意識を戻す。街中は空気の匂いも景色の色もざわざわと騒がしく感じた。洋館は隔離された場所なのだと思う。

「さっきホームページ見たら空いていたから予約しちゃったんだけど、どう?」

携帯を見せてくる。いろいろな種類の果物が画面にあふれている。カフェかと思ったらエステのホームページだった。「果実のパワーで美しく」とカラフルな文字が躍っている。

「こないだ雑誌で見たの。つき合ってくれない?」

「ケーキバイキングはいいの?」

「うん、食べるよりきれいになる!」と、拳を握ってオリザさんのポスターを見上げる。

少しでも美しくなろうという決意と興奮がみなぎった表情は、朔さんのもとにやってくる女性たちとかぶった。彼女たちは美を求めてヒールで森を抜けてくる。

「いいよ」と笑いながら、かすかな違和感がよぎった。

洋館を訪ねてくるオリザさんの顔は彼女たちとはまるで違った。

ネットの地図を頼りに行った場所はマンションの一室だった。予想より年配の女性がフリルのエプロン姿で私たちを出迎える。室内は甘ったるい匂いがした。あちこちに果物やナッツのパネル写真が飾られ、クッションやペンといった小物類もフルーツ柄だった。色が多いので目が疲れてくる。

まず使っている果実や種はすべてオーガニックであることを説明される。施術だけではなく、果実食も推奨された。果実は消化にもよく、生命力を宿しており、採取の際も生き物を殺さなくて済むのだと熱っぽく語られる。さつきちゃんはいくつか質問をすると、生の果実を使ったフェイシャルエステを選んだ。カーテンで仕切られた奥の部屋へと連れていかれる。

私は果実食をしているという女性の、少なくはない白髪が気になっていた。果実では染められないからそのままにしているのだろうか、と思ったが訊けない。まるでフルーツパーラーのメニューのような色鮮やかな施術一覧表を眺めていると、「あら、顔色が冴えないわね。赤い果物に活力をもらいましょう」と女性が言った。生理のせいだと伝えようと思ったが、女性が立ちあがってどこかへ行ってしまったのでタイミングを逃した。

女性は数分で赤い飲みものの入ったグラスを手に戻ってきた。柘榴《ざくろ》酢をソーダで割ったものだと言う。酢と炭酸で軽くむせた。氷が溶けて冷たくなる前に急いで飲んだ。

結局、フットマッサージをしてもらうことにした。ナッツを砕いたというスクラブで踵の角質を落とし、果実の成分を抽出したオイルでマッサージをする。アプリコット、桃、グレープフルーツ、ラズベリー、パッションフルーツ……確かにフルーツは元気な色をしている。一番香りが強くなさそうな無花果《いちじく》を選んだ。

マッサージは気持ちが良かった。足を伸ばせる一人掛けソファでうとうとと眠りに落ち、気がついたら「サービスです」と手のマッサージもされていた。指と指の間を揉みほぐされながら、どうして朔さんは人に触れないのだろうと思った。ボディクリームや化粧水も作ってくれるのに、肌の状態を確認されたことはない。

さつきちゃんを待っている間、何度もネイルを勧められた。仕事に差し支えるので、と断ると、今度は果実の酵素ドリンクの説明がはじまった。せっかくとれた凝りが戻ってくる気がした。

レモン柄のカーテンがめくれ、眉毛を描いただけのさつきちゃんが戻ってくる。顔がぴかぴかしている。「デコルテもしてもらっちゃった」と機嫌がいい。

「ちょっと小顔になったかも」

「ほんと？　肌はつるつるになったよ」と触らせてくれる。むき卵のような肌を指がひんやりとすべる。

「一香の指、甘い匂いがするね」

ぎくりとする。朔さんに嗅ぎつけられてしまう。でも、休みはあと四日ある。さつきちゃんはいろいろな勧誘をさくさくと断り、会計を済ませると店を出た。エレベーターで地上へ降りるともう薄暗かった。夕立がきたのか蒸れた空気が押し寄せてくる。

「せっかくさっぱりしたのにベタベタになっちゃう！」と、さつきちゃんが悲鳴をあげた。

ぶらぶら歩きながら施術の話をする。

「そういえば、夏バテ防止にって梅サワーを飲ませてもらったよ。梅もう売ってないかな、漬けてみたい」

「私は柘榴酢だった」

そっちもおいしそう、とさつきちゃんは言い、「きれいになったかどうかはともかく、自分にお金をかけるって満足感あるよね」とつぶやいた。

「うん」と頷く。長い間、服も化粧品も買わず、髪も伸ばしっぱなしだった自分を思いだす。心配して誘ってくれたのかもしれない。

「お腹すいたね」と声をかけると、さつきちゃんは嬉しそうにふり返った。

「このすっぴん顔でどこいけるかな」

「焼肉とか?」

「エステ台無しになりそう。あーでも肉食いたい! あたし果実食とか絶対無理だわ」

言いながらさつきちゃんは繁華街のほうへと歩きだす。

「肉、食べちゃおうよ。タン塩からはじめてハラミにカルビに、焼いたところを白ご飯にのっけて」

「やめて! やめて! 誘惑に勝てる気がしない!」

薄闇に響く友人の笑い声を聞きながら、夏の夜は嫌いじゃないと思った。

蟬《せみ》の鳴き声を浴びながら、洋館へと向かう坂道を上がっていた。何回か麦藁帽子を脱いで蒸れた頭髪に風を通す。それくらいでは汗はひかない。諦めて、また歩きだす。

高級住宅地を抜け、森に入ると蟬の声はいっそう強まった。頭上からわんわんと降りそそいでくる。湿り気を帯びた土と緑の匂いを深く吸い込む。暑くなってから、森の空気には蜜のような匂いも混じっている。

ふいに、背後から「おはよう」と声をかけられた。長いつやつやとした赤毛の犬を連れている、やや腹のでた五十代くらいの男性が坂を上がってくる。朝夕の散歩の時間とかぶるのか、よく顔を合わせる人だ。

「今日は遅いね」

男性は大股で森に入ってきた。確かここは洋館の敷地内のはずだ。この辺りの住宅街に住む人なら知っているはずなのだけど。男性をそれ以上進ませないように道の中央で足を止める。犬がふさふさの尻尾をふりながら私の買い物袋の匂いを嗅いだ。生ハムと鶏挽肉が入っていることを知っているのだろう。

「なんだかひさしぶりだね」

「お休みをいただいていたので」

「へえ、どこに行ってたの」

男性はすこし馴れ馴れしい。「リンッ！」と急に大きな声をだして犬を叱った。買い物袋に頭を突っ込もうとしていたようだ。

「特にどこにも行っていません」と答えると、男性はなぜか満面の笑みを浮かべた。「若いのに。趣味とかないの」と、ハーフパンツからでたすね毛だらけの足を掻く。森の中はひんやりと涼しいが、ここのところ藪蚊《やぶか》が多い。私も早く離れたい。

「ありませんね」と答える。正直に話すとどんどん返事が短くなる。こんな人間と会話してもたいして面白くないだろうに、男性は会うたびに話しかけてくる。

「あの、申し訳ありませんがそろそろ……」と軽く頭を下げると、「仕事、がんばってね」と肩に手を置かれた。ポロシャツのあいた襟元から胸毛が覗いていた。

森のなかほどでふり返ると、男性はまだこちらを見ていた。犬は倒れた木の下をうろうろと嗅ぎまわっていた。

朔さんはダイニングテーブルで紅茶を飲んでいた。新城もいる。「なんか、この茶、青臭くねえか」などと言って顔をしかめている。台所に開封したての春摘みダージリンの袋が見えた。

朔さんはいつものだぼっとしたスタンドカラーの白シャツ姿で、新城も袖をまくっているとはいえ長袖の黒いシャツを着ている。二人にはあまり季節感がない。

六日ぶりに洋館に入ると、ここの清涼な香りを意識する。空気が浄化されていくような、ほのかな苦味のある爽やかな匂い。けれど、それは時間が経つと慣れて、意識から消えていく。さつきちゃんと行ったエステサロンのオイルの甘い香りはなかなか取れなかった。良い香りとは主張し続けないものなのだと知った。

新城は私を認めると「一香ちゃん、コーヒー淹れてよ」と片手をふった。「こいつ淹れてくんなくてさ」

「自分で淹れろ。僕はコーヒーはあまり好きじゃない」

「人に淹れてもらうほうがうまいじゃん。なんか一香ちゃんの顔見たら腹減ってきたな。暑いしエスニックなもん食いたい」

朔さんが頭を下方に傾けた。「朝びきの買えたんだね」と私の腕にぶら下がった買い物袋を見ながら言う。さっきの犬と一緒だ。「はい、そうです」と思わず笑ってしまう。

「パックされてるだろうによくわかんなあ」

「肉のドリップがついた手でパッキングすれば匂いはつくよ」

朔さんが身体をまっすぐに戻す。椅子に座り直し、今度は私の肩の辺りに目を向けてくる。

「一香さん、さっき誰かに会った？」

「犬の散歩中の方に声をかけられました。下の住宅街の人だと思います」

「名前は？」

「知りません」

「名乗りもせずに触ってくる人間は無視していいと思うよ」

肩に置かれた男性の手の重みを思いだす。なまあたたかい息がかかったことも。「え、痴漢？」と声をあげた新城を無視して朔さんが続ける。

「あと、市販のオイルを使った？」

「やっぱりわかりますか。すみません」

「いや、謝らなくていいよ。ただ、生理中は敏感になるから慣れないものは避けたほうがいい。これはフィグリーフ？」

めずらしく朔さんが探るように眉間に皺を寄せた。さすがに薄まってはいるのだろう。

「は、生理って、またお前は……」と新城ががっくりとうなだれた。

「オーガニックの果物を使ったエステに友人と行ったんです。無花果だそうです」

「それは無花果ではないよ」

「そうなんですか？」

指の股を嗅ぐ。もちろんもう香りは見つけられない。

「無花果の天然香料は毒性が強いから化粧品には使用しない。だから、グリーン香にココナッツ香を加えた合成香料で再現するんだ。青臭くミルキーな香りになる。それは、ちょっと甘さが強すぎるね」

「オーガニックではないんですか？」

「おそらく違う。天然香料は値段が高いから、偽って合成香料を使っているところもある。でも、天然のものが必ずしもいいとは限らないんだ。無花果もだけど、ベルガモットなどの精油には光毒性があって、紫外線を浴びると肌にダメージを受ける。でも、そういった説明がないとしたら不誠実な店だと思うから……」

「なあ、俺、腹減ったんだけど」と新城がわめいた。「うるさい」と朔さんに一喝される。

「源さんに訊いてバジルと唐辛子を摘んでこい。鶏挽肉があるし、ガパオライスを作ろう」

「ガパオライス？」

「バジル炒めご飯だよ。バジルは疲労を回復させるから夏にはいい。あと、新城に足りない集中力を高めてくれる」

舌打ちをしながらも新城が立ちあがる。よほど空腹なのだろう。足音も荒く玄関へと向かいかけると、「新城、駄目だ」と朔さんが制した。「勝手口から出ろ」とため息をつく。

「へ」と唇の端から煙草をぶら下げた新城がふり返る。と同時に、玄関扉を叩く音が聞こえてきた。すみませえーん、と女性の声もする。

「またか」と新城が頭をがしがしと掻く。外の声が二重唱になった。「オリザの香水が欲しいんでーす！」と二人で叫んでいる。

「あー」と新城もため息をついた。「オリザは切ったんだけどな。まあ、しばらく続くだろうな」と煙草に火を点ける。「さすが、超一流の広告塔。女は美に目がないからな」

「お前はそういう女性に目がないだろ」

「見た目がいいほうがいいに決まってるじゃねえか」

「僕は健康体の女性のほうがいいな」

「どんなにブサイクでもか？　だいたいそれ言われて喜ぶ女なんていないぞ」

「……そうなんでしょうか」

私がつぶやくと二人がこちらを見た。「どうしてそう思うの」と朔さんが穏やかな声で言う。

「美しさでは手に入らないものもある気がするので」

「手段じゃなくて美人になることそのものが目的なんだろ」

新城に言下に否定される。そう言われればそれが女性の本能なのかもしれないという気もしてくる。

「でも、美の基準って変わりますよね。そもそも香りで人を美しくすることって可能なんですか？」

「できてるからオリザがめっちゃいい女なんだろ」と新城が面倒臭そうに煙を吐く。だるそうに勝手口へ向かう。

「インドの古い物語では」と朔さんが口をひらいた。

「怪我を負った蛇が白檀《びゃくだん》に巻きついて傷を治す話がある」

「白檀ですか」

「サンダルウッドだね」

すうすうとした青い森を思わせる香りを思いだす。

「白檀は常緑の香木で、古来、宗教的儀式などに使われてきた。香りには癒す力があるとされていたんだ。実際、良い香りには精神をリラックスさせる作用はある」

玄関から源さんの怒号が聞こえて、それから急に静まり返る。女性たちを追い払ってくれたようだが、源さんの機嫌が相当悪くなったことは間違いない。菜園に行きかけていた新城が絶望した顔で天井を仰ぐ。

「いまが盛りのラベンダーの香りには中枢神経の鎮静作用があると言われていて、昔、イギリスでは女性の気つけ薬として使われていたらしい。だから、健康であることが美だとすれば、香りで心身を安定した状態に導くことで美に近づかせることはできるのかもしれない。ただ、香りは個人的なものでもあるから、記憶に由来した香りである場合、薬効とは違い、その効果は現れにくくなる。一香さんにとってラベンダーの香りは昔の思い出がよみがえるものだよね。落ち着く？」

「……落ち着きはしないですね」

だろうね、というように朔さんが頷く。

「体調によっても匂いの受け止め方は違うからね」

「で、お前なにが言いたいの？」

ダイニングテーブルに腰かけた新城が腑に落ちない顔をする。

「食事が終わったらオリザさんを呼んでくれ」

「いくらお前の香りが気に入っていても、すぐには都合つかないと思うぞ。世間知らずのお前が思っている以上にあの子は有名人なんだからな」

朔さんがにっこりと微笑んだ。

「問題ない。また作ると言えばマネージャーが飛んでくるはずだ」

朔さんが言った通り、オリザさんのマネージャーは電話をして一時間足らずでやってきた。涼しげなストライプのシャツをきちんとズボンの中にしまい、深々と頭を下げて謝罪する様はやはり生真面目な教師のようだった。

この短時間でどうやって用意したのか、老舗の風呂敷で包まれた菓子折りをうやうやしく差しだしてくる。なぜか新城が喜々として受け取り、中が羊羹《ようかん》だと知ると、あからさまに落胆の表情を浮かべた。

「大層なご迷惑をおかけして申し訳ありません。オリザは誰にも話していないと言っているのですが、ここの香水を使っていることがどこからか同じ事務所の子たちに知られてしまったようです。オリザに代わって謝罪致します」

床に這いつくばりかねない勢いだった。

彼が顔をあげるのを待って、朔さんが静かに言った。

「オリザさんからの謝罪は要りません」

「それは……」

「噂を広めたのはあなたですから」

新城がコーヒーを噴いた。「おい、いきなりなに言ってんだよ！」と大声をだす新城に台布巾を渡す。自分で拭いて欲しい。

マネージャーは困った顔で笑った。

「あの、なにか勘違いをされているようですが……」

「勘違いをしていたのはあなたです」

朔さんがぴしゃりとさえぎる。

「おそらく、あなたは美しくなりたいと望む女性ばかりを見てきたのでしょうね。でも、オリザさんはそうではなかったのですよ。僕が彼女に頼まれて作っていたのは、美しくなる香りではなく、役の香りです」

「役、ですか」

マネージャーが目を見ひらく。

「ええ、彼女が新しい役をもらうたびに台本を読んで、彼女の解釈を聞いて作っていました。娼婦の役のときはタバコの花とピンクペッパーをベースにしたスパイシーな香りを。女学生の役のときは十代の甘酸っぱい体臭をイメージしました。前回はドラマがバブル期の設定だったので華やかなピンクシャンパンに退廃の気配を混ぜて。どれも、彼女がイマジネーションをふくらませ、役に入り込むことができるように作られた、存在しない人間の香りです。彼女はね、美しいだけじゃなく、女優として美の先に行きたかったんですよ」

新城が逃げ道を塞ぐようにすっと応接室のドアの前に立った。それを見て、腰をあげかけていたマネージャーが観念したように肩を落とした。

「でも、あなたもオリザさんに美以外のものを求めていた。噂を流して、僕との繋がりが切れてしまえば、彼女の人気は落ち、自分のもとへ帰ってくると思ったんですね。はじめてここへいらしたとき、お二人は恋人同士でしたね」

「はい」と消え入りそうな声が彼の口からもれた。

「ここへ通うようになってから彼女は人気がでましたから。どんどんきれいになって……」

「それはオリザさんの努力の結果です」

そう断定すると、朔さんは銀縁の眼鏡を胸ポケットから取りだした。

「ただ、オリザさんの依頼内容は、僕と彼女との秘密でした。それをあなたに明かすことは守秘義務に反した行動なのです。なので、ここからは、僕とあなたとの秘密の取引です」

困惑の色が彼の顔にひろがった。朔さんは穏やかな調子を崩さず紅茶を勧める。マネージャーが反応しないので、ぬるくなった紅茶を下げて新しい茶をポットから注いだ。

「正直、僕は美というものがよく理解できません。どんなに見てくれが良くても、不摂生な生活の臭いがすれば印象は悪くなります。健康状態の悪い人間には惹かれない。それに、美なんて人によって捉え方の違う抽象的なものです。あんがい、醜さのほうがはっきりしているかもしれない」

「……どういうことでしょうか？」

「彼女の容色を衰えさせる香りを作るのは可能だということです。簡単ですよ、交感神経に働きかける香水やボディクリームを常用させれば、副交感神経に切り替わらず不眠状態になります。すぐに精神も肌も乱れるでしょうね。香害って言葉を聞いたことはありますよね、良い香りでも強すぎればストレスを与えることになるんです。自律神経なんてストレスですぐに乱れますよ。そうなれば、あなたの願いは叶うんじゃないですか。醜い彼女を必要とする人はあなた以外いなくなるでしょうから。あなたが望めば、僕はどんな香りだって作りますよ」

沈黙が流れた。新城もマネージャーも一言も発さず、窓の外の蟬の声ばかりがたんたんと響いている。朔さんだけが灰色がかった目をぼんやりさせて微笑んでいた。

「さあ、どうします？」

紺色の声がゆっくりと耳に届いた。

来客用の食器を洗い終えると、朔さんが台所へやってきた。明日の朝の買い物リストを手渡してくる。

新城はついさっき帰っていった。私も今日はもう帰れということだろう。

まだ日は傾きかけたばかりだったが、朔さんが長くかかる作業に入るときはこんな風に早く帰されることがあった。「お疲れさまでした」と言うと、「うん、ありがとう」とあっさり背を向けられた。

オリザさんのマネージャーのことを訊きたい気持ちがあった。

マネージャーは腿に手を置いたまま長い時間動かなかった。瞬きすらほとんどせず、彫像になってしまったようだった。やがて、首を横にふった。右、左、と、たった一度だけ。「できません」と頭を下げた。それからは「申し訳ありませんでした」をくり返して、女優である元恋人のもとへと戻っていった。

オリザさんへの香りはいままで通りに作ると朔さんは約束した。それ以上はなにも言わなかった。朔さんは安堵しているようにも、興味を失ったようにも見えた。

私はマネージャーが朔さんの申し出を断ったとき、ほっとした。彼やオリザさんのためではない。朔さんの香りが人を損なわせるために在って欲しくなかったからだ。

けれど、マネージャーの本心はわからない。彼が嘘をついていたのか、心から反省したのかは、朔さんにしか知りようがない。朔さんが真相を話してくれなくては、私たちは安心も幻滅も共有できないのだ。新城がなんとなくよそよそしく出ていったのはそのせいかもしれない。

そんなことを考えながら森を歩いた。樹々の間から差し込んでくる西日がまぶしくて、頬がじりじりした。夕方に日焼けするなんてちょっと損した気分だ。道を外れて木陰に入り、腐葉土を踏みしめて進んだ。森は夜が足元からやってくる気がする。

突然、吠えられた。道のほうを見ると、朝の赤犬がつやつやとした毛並みを輝かせて尻尾をふっている。傍らにいる男性は逆光で表情がよく見えない。肩で息をしているようだ。

「帰りも早いんだね」

こちらにこようとした男性の足が腐葉土に埋まり、小太りの身体がぐらりとバランスを崩す。危ういところで体勢を立て直すと、「ちょっと、ちょっと、助けてくれたっていいのに」と非難がましく言ってきた。

「すみません」と謝っておく。謝っておけば、これ以上会話は続かない。歩きはじめると、並行して男性も進む。木の間から顔を覗かせて「こっち歩かない？」などと言っている。

「大丈夫です」と言い続けていると、男性は犬の頭を撫でた。

「リンツは猟犬なんだよね」

声に嫌なものを感じて足が止まる。

「そっちいるならけしかけちゃおうかな、なんてね」

おかしくもないのに腹をゆすって笑っている。犬は無邪気に舌を垂らしている。はっはっと息を吐く度に白い牙が見え隠れした。背筋がぞくっとした。

「暑いね、うちでビールでも飲んでいかない？　ほら、こっちにおいでよ」

丸い指が手招きをしている。すっとこめかみが冷たくなる。怖い。けれど、口答えして逆上させないほうがいい。森を出れば住宅街だ。人目があるし、変なことはしないだろう。そこまで雑談をしながら辿り着けばなんとかなる。

道へと戻ろうとすると、犬がぴくりと顔をあげた。白い服を着た人が走ってくる。

「朔さん！」と叫んでいた。私のあげた声に反応して犬が吠えだす。男性はへらへらと笑いながら犬の綱をひっぱった。

「じゃあ、また」と離れていこうとするのを、「お待ちください」と駆けてきた朔さんが止めた。乱れた息を整えてから、まっすぐ男性を見る。

「彼女がなにかしましたか？」

「いや、話していただけだよ」

「怯えていますが」

男性はわざとらしく肩をすくめた。

「ちょっとわからないね。こっちはただの雑談のつもりだったんだけど」

「欲情しながら世間話ですか、器用ですね」

朔さんの言葉に「なに」と男性の顔色が変わった。

「気づかないとでも思っています？　辺り一面にぷんぷん匂っていますよ。彼女を自分の意のままにしたいという欲望が。彼女はうちの従業員なので、性欲を向けるのはやめていただけますか？　毎朝、彼女がくるのを待って散歩に出ていますよね。どこから見てるのかは知りませんが、これ以上つきまとうようでしたら通報しますよ」

男性の顔が真っ赤になり、それからどす黒くなった。

「いいがかりだ！　名誉毀損で訴えるぞ！」と唾を飛ばして怒鳴る。

「どうぞご自由に。ただし、ここは私有地ですから住居侵入罪になりますよ」

朔さんはたんたんと言った。

「ぜんぶ監視カメラに映っています」

その一言で男性の血の気がひくのがわかった。

「彼女が去ったあとにあなたが……」

「わかった！　わかった！」と男性が朔さんの言葉を遮るように叫んだ。「もうここには入らない。知らなかったんだ。すまなかった。誓う、二度とこない」

じりじりと後じさっていく。朔さんが片手を差しだした。

「念のために名刺をいただけますか？」

男性は絶望的な顔をしてのろのろと尻ポケットから財布を取りだした。中から名刺を一枚ひっぱりだす。受け取った朔さんが静かに笑った。

「往生際の悪い方ですね。これはあなたのではありませんよね」

西日に照らされ、朔さんの茶色い短髪が金色に輝いていた。神々しくすらある横顔に凄《すご》みがあった。男性は観念したように自分の名刺をだした。

男性と犬が去ったのを見届けると、朔さんは私を洋館へと連れ戻した。ダイニングテーブルの椅子に座るよう促し、二階から酒瓶を持って下りてきた。手書きのようなラベルが貼ってある。

「お酒は飲める?」

「すこしなら大丈夫です」

「緊張が和らぐからね」と言って、淡いピンクのとろりとした液体をグラスに注ぐと、炭酸水を足した。レース模様のような細工のアンティークグラスで小さな泡がぱちぱちとはぜる。甘くて、花のような芳香がした。脳が薄桃色に染まり、吐く息までもが香る気がした。

「花の蜜みたい」

「ドイツで三百年前から作られているリキュールだよ。天然の植物からできていて、香料も着色料もいっさい使っていない」

会話が途切れた。「落ち着いたらタクシーを呼ぶから」と朔さんが申し訳なさそうに言う。

「大丈夫です。でも、朔さんも嘘をつくんですね」

森からずっと「先生」ではなく「朔さん」と呼んでいることに気づいたが訂正しなかった。

「監視カメラのこと？」

「はい。カメラと言ったとたんに態度が変わりました。彼は森でなにをしていたんですか」

「マスターベーションだね。一香さんと話したあとに。さすがにそれを言うと逆上するかと思って途中でやめておいたけど」

適切な言葉と反応を探して、結局「そうですか」と言った。

「でも、欲情されるということは、一香さんが生殖可能な健康体に見えるようになったということでもあるよ。慰めにならないかもしれないけれど」

「そうですね、なりませんね」

突っ込みを入れてくれる新城がいないのが困る。花のような飲みものをひとくちふくんで忘れることにする。

「明日からは交通機関を使ってもいいよ。坂の下までしかバスはないけれど」

「健康になったからですか」

「そうだね」と朔さんは頷いた。

「犬はね、他の犬がしたマーキングを嗅げばなんでもわかるらしい。その犬の性別や年齢から健康状態、なにを食べたか、発情期かどうか。匂いは情報で、隠すことはしない」

朔さんはどこも見ていないような目をして話す。

「どうして人は欲望を隠そうとするんだろう。自分にまで嘘をついて」

マネージャーとさっきの男性、どちらのことを言っているのか。両方なのかもしれない。

「きっと」とつぶやいた。

「心の中には森があるんですよ。奥深くに隠すうちに自分も道に迷ってしまうんです」

朔さんは不思議そうな顔をした。この人の森は善も悪もなく明らかで、良い香りに満ちているのだろう。

「欲望を隠さずそのまま受け入れられたらいいけれど、理想みたいなものを追うから嘘になるのかもしれないですね」

「美意識とか？」

「はい」

「僕は別に美しく生きなくてもいいと思うけどね」

そう言うと、自分のグラスにリキュールを注いだ。原液のまま舐めるように飲んでいる。目を遣ると、菜園の向こうの空が濃いピンク色だった。上空はまだ青を残し、雲は薄紫で、まるで夢の景色のようだ。

「朔さん、薔薇色」と言うと、「ほんとうだ、ロゼワインを流したみたいだね」と目を細めた。

「おかしいね。一香さんがよく目にしている蔓薔薇は深紅のはずなのに、どうしてあの色を薔薇色って言うのだろうね」

「そう言われてみればそうですね、薔薇って言ってもたくさんの色があるのに。でも、緑のレモンがあっても、レモン色というと黄色を思い浮かべるようなものなんでしょうね」

「きっと人の美しさも」と朔さんがつぶやいた。

「こうだっていうかたちが頭の中にあるんだろうな」

かたち、と思う。私には父も兄もいたけれど、どちらも名ばかりの空洞のような存在だった。その空洞の中で期待ばかりが膨らみ、やがて咲くことなく萎れて消えた。

私は男性といてこんな風に落ち着いた気持ちになったことはなかった。そのことがとても奇妙で、けれど胸に綿を詰めたようなふわふわした気持ちもあった。花の香りの酔いのせいかもしれない。

やわらかい眠気にからめとられながら、薔薇色の夕日を黙ったまま見つめた。

5
Spicy Note

さらさらと雨が降るたびに、朝晩が過ごしやすくなっていく。

夏の間に伸びた下草の露が靴を濡らす。ひっそりとした空気の中、洋館へと歩く。森を抜けるときはまだ身体に緊張が走るが、赤犬を連れた男性はもう姿を見せることはなかった。

早朝は半袖だと少し肌寒くなってきた。透明な木漏れ日に手を伸ばす。腕は通勤と庭仕事の手伝いで小麦色に日焼けしていた。

朔さんが市販の日焼け止めの匂いを嫌うせいだ。ハーブの香りの虫除けスプレー、火照《ほて》った肌に心地好い化粧水、紫外線によるダメージに効くキャロットオイルといった夏のケア用品はせっせと与えてくれた。そればかりか最近は週に一度ほど髪や顔を保湿する泥のパックも調合してくれる。「夏枯れ対策をしなくてはね」と朔さんは言う。けれど、日焼け止めだけは存在すら認めないかのように黙殺していた。

おかげで乾燥することも、むらができることもなく、きれいに日焼けしている。

ふと記憶がよぎる。

誰かの背中を追いかけていた。まだ幼い、大きすぎる黒いランドセルを背負う兄だった。

背の高いひまわりを指している。焼けたホットケーキみたいな肌からは、太陽と汗が混じった匂いがした。足の遅い私をふり返り、手を差しだしてくれた。

すっかり忘れていた思い出の中の顔に、足が止まる。

ずっと自分の世界に閉じこもっていた人だと思っていた。それは眼鏡をかけるようになってからの印象に覆われていた記憶だった。兄はいつしか家族と目を合わせなくなり、やがて口もきかなくなって、電子画面にしか反応しなくなった。ドアの隙間からときおり覗く腕は細く、透けるように白くて、ずっと色白なのだと思い込んでいた。

あんな日々もあったのだ。この、日に焼けた肌が思いださせたのか、と鼻を近づけたが、やはり自分の匂いはわからなかった。虫除けスプレーのシトロネラの爽やかな香りしかしない。

彼もこんな生活を送っていたら違っただろうか。

考えても仕方のないことが浮かび、慌てて頭上をあおぐ。朝の光に包まれた森は静かだ。苔と土の匂いのする水っぽい空気を胸に吸い込む。青い木の実があちこちの枝葉に見えた。どんぐりだろうか。栗の木もあるかもしれない。これからの季節を楽しみにしている自分がいて、ほっとする。

配達物をまとめて買い物バッグに入れ、古びた門を押して入る。敷石のたてる澄んだ音を数えるようにして洋館へ向かうと、菜園から源さんがやってきた。

「おはよう、嬢ちゃん」と朗らかに言う源さんの軍手はもう土で汚れている。夏の間、源さんの起きる時間はどんどん早くなり、午前中にはほとんどの作業を済ませてしまっていた。

バケツに山盛りの真っ赤なトマトを掲げる。

「これ、なんとかしてくれるか」

菜園のトマトはまだ盛んに色づいているばかりか、黄色い花もつぎつぎに咲いている。

「おはようございます。たくさんですね」

ずっしりと重いバケツを受け取った。トマトは食べきれないほどなるので、赤く熟したそばから煮て瓶詰めにする。もう貯蔵庫の棚の一列が真っ赤な瓶で埋まっている。

「夏の間ずいぶんがんばってくれたから、そろそろ終わりにしてやろうかと思ってね。最後の収穫だな。越冬のための体力を残させるよ」

「一年草だと思っていました」

昔、母がベランダのプランターでひょろひょろしたミニトマトを育てていた。

「トマトは寒さに弱いからなあ。でも、この街は海からの風で暖かいし、あいつらもたくましいから、面倒をみてやれば来年も実をつけてくれる。根性の入った、うまいやつをな」

源さんが菜園のほうへ頭を傾けた。目が優しく細められている。植物たちについて話すとき、源さんは孫を愛でる好々爺《こうこうや》のようになる。

朔さんの言った「夏枯れ」という言葉を思いだす。朔さんにとって私は庭の植物のようなものなのかもしれない。こまめに手入れされているのを感じる。

くすっと笑うと、源さんが目尻に皺を刻んだ。

「嬢ちゃん、ずいぶんと健康的になったなあ」

いいことだ、と何回も頷く。

砂利を踏んで菜園へと戻っていく源さんの背中を眺めた。私もここで冬を越せるといいな、と思った。


いつも通りだと思っていた朝は、洋館の扉を閉めた瞬間にかたい違和感に包まれた。奇妙に静かだった。廊下も天井も壁もむっつりと黙り込んでいるかのようで閉塞感がある。玄関に立ちすくみ、数秒してからやっと空気がこもっていることに気づく。

おそらく普段は朔さんが朝一番に換気をしていたのだ。けれど、今日の空気は昨日の重ったるい熱を残したままどんよりと澱んでいた。

毎朝、ダイニングテーブルの上に置かれているメモもない。

台所も私が片付けた後、使った形跡がない。流しもすっかり乾いている。冷蔵庫の食材も手がつけられていない。仕事に集中するときなど、朔さんが食事をとらないことはままある。けれど、変に胸騒ぎがして、勝手口の戸を開けていた。菜園へと叫ぶ。

「源さーん！」

茄子の植え込みのそばで、源さんが驚いた顔でふり返る。

「おう、どうしたあ。めずらしく大きな声だして」

「今日、朔さんを見かけましたか？」

「いや」と胡麻塩髭を掻く。「昨日は、うるさい新城と出かけていったから、まだ寝てるんじゃないのか？」

　そうだった。昨日、朔さんは新城の仕事の手伝いがあると言って、私を早く帰らせた。出かけたまま帰っていないのかもしれない。でも、そんなことはいままで一度もなかった。野生動物のような朔さんが自分の家以外で眠るイメージがわかない。

　私は朔さんのように嗅覚が鋭いわけでも耳がいいわけでもないけれど、この家に朔さんの気配がないことは肌に伝わってくる。毎日、手入れをしているせいかもしれない。

　二階へと階段を上る。無数の香料の瓶や機械の並ぶ仕事部屋を通り抜け、寝室をノックする。返答はない。そっと開けると、蝶番がぎいっと鳴った。油をささなくては、と思う。

　寝室も静まり返っていた。ベッドは皺ひとつなかった。

　やはり、と思いつつも、呆然と立ちつくす。サイドテーブル代わりの木製の椅子とシングルベッドしかない小さな部屋を見まわす。窓もなく、寝るための暗闇を提供するだけの簡素な部屋にはなにもない。昨日、私が整えたベッドがそのままのかたちでしんとある。

　携帯をポケットから取りだす。私から朔さんにかけたことはなかったが電話をかけてみる。繋がらない。呼びだし音すら鳴らない。切っているのだ。

　少し考えて、薄掛けをはがした。気を落ち着かせるためになにかしなくては。仕事部屋を抜け、二階の違う部屋からベランダに出て、枕と薄掛けを干す。少し無理をしてマットレスも運んだ。ラベンダーの枝で軽く叩いて虫除けをする。空は青く、天気がいい。

　一階へ戻ると、不器用な物音が聞こえた。新城が必死に上げ下げ窓と格闘している。

「おはようございます」

声をかけると、ばつが悪そうにこちらを見た。

「ちょっと待ってくださいね」と部屋の端から順番に窓を開けていく。風が抜け、かすかに家の空気が変わった。と、思う間もなく、新城が煙草に火を点ける。

「まだ着替えていないのに悪いな」

横目で私をちらっと見て、めずらしく殊勝なことを言う。仕事用のシャツワンピースとエプロンに着替えるのを忘れていた。やっぱり動揺している。「いいえ」と深呼吸した。

「朔さんと連絡が取れないのですが、なにかご存知ですか?」

新城が目をそらして、あーとも、うーともつかぬ声をあげる。ダイニングテーブルの椅子に逆向きに座り、背もたれに顎をのせて「モーニングでもしない?」とへらりと笑う。

「雇い主の指示がないとお客さまにお茶はだせませんよ」

新城はやれやれというように頭を掻いた。上目遣いで私を見る。

「落ち着いて聞いてね」

「はい、落ち着いています」

「朔が警察に捕まった」

ぎしっと新城の椅子が軋んだ音をたてた。

「ほんと落ち着いてんね、一香ちゃん」

大鍋の前でトマトピューレをぐつぐつ煮ていると、台所にやってきた新城が言った。一昨日、朔さんと焼いたローズマリーとチーズのパンを勝手に切って食べている。朔さんはパンをこねるのがとても上手だ。

「お、これ、なんもつけなくてもうまいな。で、なに作ってんの？」

「トマトケチャップです」

赤ワインビネガーを鍋に足して、フライパンで煎ったクミンシード、コリアンダーシード、マスタードシードをすり鉢でする。

「へえ、ケチャップって作れるんだ？」

「はい」と手を動かしたまま頷く。朔さんに以前もらっていたレシピだ。

「匂いがすごいので、僕が外出しているときに仕込んでください、と言われていたので。ちょうど良い機会です」

「こんなときでも真面目だねえ。うえ、ほんと目にくるわ」

そう大げさに言って新城が台所を出ていく。まな板とナイフごとパンを持っていったので、「それはおやつじゃないですよ」とたしなめると、「なら、ゆで卵でもくれよ」と返された。

仕方なく、卵を茹で、葉野菜をちぎり、トマトとフェンネルと鶏むね肉でサラダを作る。ケチャップはパウダースパイス類を足し、三時間ほど煮込まなくてはいけない。

私も休憩することにした。ここ最近、朔さんは早朝に摘んだ茉莉花《まつりか》という白い花を緑茶と一緒に淹れている。甘く香る朝に、これが本当のジャスミンティーだよ、とやわらかく笑っていた。それはやめて、柑橘系の香りのハーブでお茶を淹れる。不安にざわめく胸をハーブのみずみずしい匂いが落ち着けてくれる。

――香りは再起動のスイッチ
朔さんはそう言っていたことがあった。人に果物や植物のフレッシュな香りを嗅がせると、不安感や疲労感の数値が軽減したという実験結果があったらしい。ショックやストレスを受けてフリーズ状態に陥った脳は、香りで目を覚ますことができるそうだ。

さきほど、菜園でハーブを摘みながら新城の話を聞いた。

源さんはうるさいと言って、樹木園のログハウスに行ってしまった。朔さんが帰っていないことも気にしていないようだった。

昨日の夕方、二人は都内の大学近くの並木道を歩いていたそうだ。その道は大学の裏門に続いていて、大学関係者が通勤に使う。紅葉の時期には銀杏《いちょう》並木が見事な黄金に染まり、カップルの散歩道になるらしいが、今はまだひと気もまばらだった。夏休みも終わったばかりなので学生も少ない。

新城は失踪した二十三歳の女性を探していた。名前は美結《みゆ》、依頼主は彼女の両親。両親によると、美結さんはここ数ヶ月外泊が増え、外見も派手になっていたらしい。躾《しつけ》の厳しい家のようで、両親が彼女を問い詰めると家出をしてしまった。それが二週間前のこと。

「まあ、不倫かなんかだろうけどな。親に言えないってんだから」と、新城は短くなった煙草を土で潰しながら言った。源さんに見つかったら殺されるだろう。

「だいたい二週間の家出くらいで探偵を雇うってどんな過保護だよって思ったらさ、どうやら縁談があるらしいんだよ。だから、大事になる前に家に連れ戻して欲しいらしくてさ。いまどき、そんな家あるんだな。まあ、悪い金額じゃなかったから引き受けたけど」

美結さんは大学の事務員だった。仕事は一週間前から無断欠勤をしている。真面目な女性のようで、平日は家と職場の往復で一日が終わる。休日も女子短大時代の友人と遊ぶか、中学から続けている書道教室に通うくらいだ。相手は職場の人間だろうと読んで、朔さんの嗅覚で目星をつけようとしたらしい。美結さんが通勤に使っていた道で待ち伏せをすることにした。

新城によると、不倫調査を依頼されて、まだ相手が特定できていないときは、よく朔さんの力を借りているとのことだった。肉体関係にある男女は互いの体臭が相手につく。もしくは女性の使っている化粧品や香水の匂いが男性に付着したりする。朔さんの鼻にかかれば一発だそうだ。後は、証拠を揃えるなり、現場を押さえるなりすればいい。やみくもに尾行を続ければ、対象者に気づかれることもある。朔さんの嗅覚を借りれば一回で相手を特定できるし、仕事も早く済むというわけだ。なにより、朔さんは性交渉相手に会いにいくときの興奮した匂いを嗅ぎ分けられるらしい。

何度か並木道を行ったり来たりして、朔さんは銀杏の陰で足を止めた。大学の校舎のそばで話している女の子たちをちらりと見る。

「ごくごく薄いけれど、あの子たちからする。あと、あっちから」

並木道の向こうにホームレスの段ボールハウスがあった。ホームレスと女子大生で悩んで、二手に分かれた。

「あいつに女子大生の声かけなんかさせたら痴漢騒ぎになるしなあ」と新城はぼやいた。

女の子の一人は美結さんから借りたというハンカチを持っていた。トイレで貧血をおこしたときに冷や汗を拭いてくれたのだという。返そうと思って持ち歩いていた、と女の子は言った。

その間、朔さんはホームレスたちと話をしていた。笑い声などが聞こえてきて盛りあがっているようだったから、新城は安心して任せていた。ホームレスの一人が段ボールハウスから鞄やリュックを次々にだしたのが見えた。朔さんはその中のブランドもののバッグを指さした。

そこに運悪く、警官が通りかかった。

「やべえって思って駆けつけたんだけど遅くてさ。大学でこのところ、盗難が続いてたらしいんだよ」

朔さんはホームレスの持っていた鞄は盗難品ではないと警官に断言したらしい。すべて地面やゴミ捨て場に一度放置された匂いがすると。ただ、これだけは知人のものかもしれないからと美結さんの持ち物らしきバッグを引き取ろうとした。

「まあ、揉めるわな」と新城はため息をついた。「しかも、そのバッグの中にさ、ブラやパンツが入っていて。ホームレスの皆さんと一緒に連行されちゃってさ」

「でも……」

「あとさあ、俺すっかり忘れてたんだよね。依頼人から美結のキャミソールを預かってあいつに持たせていたんだよ。ほら、肌に触れていたものがいいって言うから。それがレースとかついた見るからに下着って感じのキャミソールでさ」

「それって……」

「ああ、下着泥棒だと勘違いされた」

新城は頭をがしがしと掻くと、「やっぱ暑いわ」と立ちあがり、源さんが雑草を抜いたばかりの土を踏んで勝手口へ向かった。

私はレモングラス、レモンバーベナ、レモンバーム、レモンミントと頭の中でつぶやきながら柑橘の香りのハーブを摘んだ。

ぷつりと葉をちぎるたび、爽やかな香気が弾け、この香りが朔さんの災難を少しでも払拭してくれればいいのにと祈りながら、天気の良い庭で背中を丸めた。


ダイニングテーブルにハーブティーのポットと新城の簡単な食事を運ぶ。せっかちな新城はがつがつとすぐに平らげた。

台所からはスパイスと酸味の混じった匂いが濃く流れてくる。

「まあ、待つしかないわ。警察相手だったら下手に動いても仕方ない。懇意にしてる刑事もいるから、そいつがでてくればすぐなんとかなるはずだし」

「ここを調べにくる可能性はありますか?」

新城が首をひねった。

「まあ、ないとは言えないな」

薄黄緑色のハーブティーをひとくち飲む。口の中がからからだった。

「それでその下着は美結さんのものだったんですか」

パンをちぎっていた新城の手が止まる。

「まあ、おそらくな。いちおうバッグの写真は隙を見て撮ったから依頼人に確認できたが、どうやら美結のもので間違いないらしい。となると、下着も本人のものの可能性が高い。なんらかの事件に巻き込まれた可能性があるから警察に事情は話しておいた」

微妙に歯切れが悪い。

「前に届出をしていないって言ってましたよね。念のため、なにかしまっておいたほうがいいものはありますか?」

「ああ……そうだな……」

心ここにあらずという感じの反応だ。「足りないでしょうし、パスタでも作りましょうか」と席をたとうとすると、新城がぼそりと言った。

「朔にはもうわかってるんだろうな」

「なにがです?」

「あれが美結の下着だとしたら、脱いだにしろ、脱がされたにしろ、そのときの状態が。でも、話したって信じてもらえない。だから、こんなに長く拘束されてんだろう」

「心配なんですね」

「あ？」と新城は口をゆがめて笑った。「アホな捜査官にうんざりしてるんだろうなって思ってさ。あいつ性格悪いから困らせてそうだしな」

なにも言っていないのに、また口をひらく。

「まあ、付き合いが長いからな」

そうつぶやいたきり沈黙する。黙っていると、新城は少し怖かった。朔さんとは違った種類の、乱暴な気配の怖さだ。朔さんの怖さはなんだろう。見透かされる怖さだろうか。あのぼんやりした灰色がかった目に見つめられると、丸裸にされてどこか帰ってこられない場所に連れさられるような気分になる。

「コーヒー淹れます」と言うと、「あー、まだいいわ」と新城は私のカップに手を伸ばしハーブティーをすすった。席をたって新しいカップをだす。座ると、新城が煙草に火を点けた。

「あいつ、同じ団地の子だったんだよ」

白い煙をゆっくりと吐きだす。

「保育園も一緒でさ、その頃から変わってたな。反応しないんだよ。目ぇ見ひらいて、じっとして、話しかけてもぼーっとしてるし、突き飛ばしたら地面にいつまでも転がっている。飯も先生が食べさせないと食べない。とにかく、うながさないとなにもしない。俺たちも最初はからかっていたけど、そのうち張り合いがなくなってやめた。あいつはいつも部屋の隅で動かなかった」

黒い目がゆらゆらと揺れる煙を見つめていた。そこに過去のなにかが描かれているかのように。

「団地で見かけても階段に腰かけてぼーっとしてる。俺も一緒になって座った。壁の薄い建物だったからな、階段に座っていると、あちこちの部屋から生活音が聞こえた。音に集中していると自分が消えて、耳だけで廊下を走って、バタンバタンってさ、いろんな部屋に入れるような気分になった。あいつもそんな空想にふけっているのかと思った。けど、大人たちは知能に障害があると思っていたらしいな。小学校は特殊学級だっけ、みんながいる校舎から離れた全学年一緒になった別館の教室に通ってた」

幼い朔さんを想像してみても、今とあまり変わらなかった。短髪の茶色い髪にぼんやりした静かな目の少年。だぼっとした白いシャツ。声だけは思い浮かばない。

「なんか気になってさ、ときどき会いに行っていた。たまに一緒に帰ったな。躑躅かな、これ食えるんだぜって花の蜜を吸わせてやると、いつまでも葉っぱや花をちぎっていた。もうやめろって言っても聞こえない。そうなると、力ずくで連れて帰らなきゃいけなかった。そんなあいつがある日、突然、喋りだしたんだよ。ぺらぺらと澱みなく。俺の名も言えた。それどころか異様に記憶力がよくて、保育園のこともほとんどぜんぶ覚えていた。勉強も問題なくできたし、同じクラスにやってきた」

「急に、ですか」

「たぶんなにかきっかけはあったんだろうな。スイッチが入った。それまでは情報が多すぎて処理が追いつかなかったんじゃないかと思ってる」

「情報」

「匂いの情報。ほら、視覚だって目に映ったものぜんぶを覚えているわけじゃないだろ。無意識的に必要なさそうなものを排除している。他の感覚も同じなんじゃないか。あいつの嗅覚は異常といっていいレベルだ。入ってくる膨大な情報を脳が整理できるようになって、やっとアウトプットがはじまったんだろうと俺は思ってる。ほら、今でもときどきあるだろ、匂いに集中しすぎて意識が飛んでるとき。団地の階段で、俺は同じ世界を感じていると思っていたけど、まったく違ったんだろうな」

朔さんの銀縁の眼鏡を思いだした。顧客と会話しているときに胸ポケットから出し入れする眼鏡。もしかすると、あれは嗅覚と視覚を切り替えるためのものなのかもしれない。

「今でも、あいつは人の顔を覚えられない。写真を見せても判断できない。あいつ、至近距離でも人の顔あんま見てねえんだよ。匂いの情報が先にくるから、視覚情報が充分に入らないときがある」

私の顔を見てにやっと笑う。「ほら、前に女だって顔じゃないとか言っていただろ」

「あれは」

「人の顔に興味がないんだよな。あいつにとって視覚なんて嗅覚に比べたらずっと不確かなもんだからさ。まあ、でも、喋るようになってからはいわゆる普通の子と同じようになった」

新城は「普通」という言葉をやけにゆっくり言った。

「けど、問題がひとつあった」

「問題ですか」

「ああ、あいつにとっては問題なんかじゃないんだろうけど。人の嘘をさ、嗅ぎつけるんだよ。誰かがついたちょっとした嘘も指摘する。そいつの本心を見抜く。なんの悪気もなく。今は性格ねじれまくってるし、明らかに意図も悪意もあるけどさ、子供の無邪気な指摘って痛いんだよな。あっと言う間にクラスで孤立して先生からも嫌われて、不登校になった」

不登校という言葉にぎくりとする。朔さんならば私の変化に気づいただろう。けれど、新城は二本目の煙草に火を点けて話し続けた。

「俺もちょっと気味悪くてさ。今まで大人しかった奴が急に賢くなって気もひけて。正直、避けてた。それも、あいつには伝わっちまうんだよな。言葉にしなくても他人の状態があいつはわかる。体調も感情もさ。けど、あいつのことは他人には伝わらない。理解されない」

煙を長く吐く。コーヒーが飲みたそうな苦い顔をしていた。

「あいつは言わないから」

「なにか、あったんですか」

しばし黙った後、「ネグレクトってやつ？」と口の端をゆがめて言った。

「育児放棄？　ずっと物音がしないと心配した隣人が通報して、ゴミ溜めみたいな部屋からあいつは救出された。父親は一年前に愛人のもとから帰ってこなくなって、母親は家賃を半年以上滞納した上にあいつを置いて逃げた。発見されたとき、体重は十五キロくらいだったらしい。小学二年だったのに」

心臓が細い金属で貫通されたように痛み、息が苦しくなった。新城のぎょろりとした二重の目が探るように私を見た。なんと言っていいかわからない。

「ひどいって言わないの？　女は同情が好きだろ」

奇妙に顔をひきつらせながら新城が笑う。

「別に殴ったり蹴ったりしていたわけじゃない。母親はあいつを見ないようにしていただけらしい。無視して、いないことにした。いろいろ見抜かれたくないことがあったんだろうな。血の繋がった人間なのにさ」

「……血が繋がっているからですよ」

新城の半びらきの口から煙がもれた。

「は？」と言う。返事はしなかった。私にはそれ以上なにも言えない。子供を放置するなんてひどい。そう言えたらいいけれど、私もずっと見て見ぬふりをしていた。部屋にこもり続ける兄はまぎれもなく家族だったのに、遠い親戚には嘘をつき、友人にもその存在を隠していた。彼は血の繋がった恥だった。朔さんの両親を責める資格なんてない。私がもし家族だったら朔さんの存在を拒否したかもしれないのだから。

「朔さんはどうなったんですか？」

「施設に預けられたと聞いた。子供の俺には外国みたいに遠いところへあいつが行ってしまった気がした」

「探したんですか?」

新城はふいと顔をそらした。「まあな」とダイニングテーブルに足をかけ椅子をぐらぐら揺らす。

「自立してからな。興信所だから、まあ、簡単だ。あいつは調香師になっていた。いい感じに偏屈で、相変わらずなにを考えてんだかわからないけど、俺のことは覚えていた。ひと目で、いや、ひと嗅ぎでわかったみたいだった」

「匂いって変わらないいんですか?」

「もちろん生活環境や体調で常に変化していくみたいだけど、遺伝子と一緒でベースとなる体臭ってのがあるみたいだな。まあ、あいつにしか嗅ぎ分けられないだろうけど。その頃、あいつはでかい企業にいてさ、トイレタリーとかデオドラントとか大衆向けに大量生産する香りを作っていた。調香師っていっても、日本はあまり香水の需要はないみたいで。一般的に好まれる香りかどうか判断する消費者テストがあるってぼやいていたな」

「朔さんなら満点とれそうですね」

「それができないいんだってさ。八割、九割がマックス。どんなに良い香りを作っても必ず一割の人間が嫌悪を示すらしい。誰もが好きな香りはないいんだと。でも、誰もが嫌がる匂いはあるらしい。加齢臭とか糞臭とか、不潔感のある臭いとかな。本当かよって思った。誰か嘘ついてるんじゃないかって。百パーセントの真実がないように、糞臭や腐臭をこっそり愛好する奴だっているんじゃないかって思った」

「嘘つく必要がありますかね」

「さあね」と新城が伸びをした。

「必要性なんかどうでもいい。でも、嘘をつく奴には必ず秘密がある。秘密は金になる。それで、あいつを誘ってこの仕事をはじめたんだ。実際、変な匂いを欲しがる奴はいっぱいいる。一香ちゃんももう知ってるだろ。秘密を抱えた奴ほど金払いがいい。俺にとって朔は金の卵を産む鶏だよ」

「朔さんの前で言えますか？」

そう訊くとにやりと笑った。返事がないのはわかっていたので、皿を片付ける。めずらしく新城もパンのまな板を手に台所へやってきて、余ったパンにラップをかけてくれた。なんだかんだ彼も不安で誰かと一緒にいたいのかもしれない。やかんを火にかけ、皿を洗いながら尋ねる。

「事情聴取ですよね。人と長い時間向き合って大丈夫なんですかね」

「ああ、匂いがなあ」

「朔さんにとって他人の匂いってやっぱり我慢できないものなんでしょうか」

「人によるとは思うけど、うるさいって言ってたな」

「うるさい、ですか」

確か前に聞いた。あなたの体臭はうるさくない、と。

「切り花が朽ちていく匂いだって気になる奴だよ。人の感情や体調の変化がどうしたって伝わるからさ、喜怒哀楽がだだもれの人間といたら疲れねえ？　そんな感じじゃないかな。そいつが言ってることと表情が違ったらいちいち面倒臭いだろうし、人数いたらへとへとになりそう。施設はしんどかったって言ってたしな」

新城用の深煎りのコーヒー豆をミルにかける。新城にはインスタントコーヒーでも贅沢なくらいだ、と言うくせに朔さんはコーヒー豆を切らすことはない。自分は飲まないのに。嘘を見抜く朔さんですら、嘘をつくのだ。新城のことを大切に想う気持ちを隠している。嘘をつかない人間なんていないし、嘘をつけるようになった朔さんで良かったと思う。

「少しでも眠れているといいんですけど」

つぶやいて、マットレスを干しっぱなしだったことに気づく。やかんの火を止める。「少しだけ待っててもらえますか」と階段へと駆けると、「おい」と背後で新城の声がした。

「二階いくのか」

「枕とか、干しているものがあるので。あんまり長く太陽をあてると熱がこもってしまうんですよ」

「え、寝室に入ってんの？」

「シーツを替えたりするだけですよ」

からかわれているのかと思って笑ったら、新城は真顔だった。だらしなくひらいたシャツの襟元を指でいじり「へえ」と言うと、きびすを返して応接室へ入っていく。

「ちょっと寝るわ」

ドアが閉まった。

長めの前髪に隠れた眉間に皺が寄っているのがちらりと見えた。


煮込んだトマトケチャップをミキサーにかけ、さらに煮つめ、消毒した瓶に詰めた。掃除を済ますともうすることもなく、ひたすら保存食のラベル作りをした。

日が傾いた頃、新城がやっと応接室から出てきた。本当に寝ていたようで、シャツはいつにも増してしわくちゃで、髪には盛大に寝癖がついていた。

「連絡きた。迎えにいってくるわ」と大股で玄関に向かう。

「私も連れていってください」

追いかけると、「いいけど」と渋い顔をされた。「あんま気持ちのいい奴らじゃないよ。えらいマッチョだし」

「警察官って鍛えているんですね」

「いや、ここが」と新城はこめかみに人差し指をあてた。「俺が犯人だったら絶対にあんな暑苦しい奴らに捕まりたくねえわ」

新城はぎゅんぎゅんとハンドルを回して森を抜け、高級住宅地を突っ切った。高速道路なんて声をかけられないくらい飛ばした。裏道を熟知しているのか、夕方だというのに渋滞にも捕まらず、すぐに都心の警察署に着いた。黒っぽいぎらぎらした印象の建物だった。

新城についていて奥へと入っていくと、トイレから猪首《いくび》のがっしりした男性がぬっと現れた。生地のてかった古めかしい背広を着ている。新城が飛びのくように道をあけ、「あっ木場《きば》さん！」と頭を下げる。「お疲れさまでっす！」

「おう、新城、早かったたな。お前んとこの客がまたなんかやらかしたんだってな」

「違いますよー。巻き込まれただけですって」

急に軽い口調になった新城が、猫背で木場と呼ばれた男性にすり寄っていく。新城が話していた懇意の刑事さんだろうか。

「どうだか。それより小川朔が絡んでんなら、さっさと俺に連絡しろよ。あの犬並みの鼻をちょっと貸してもらいたかったのによお。一晩無駄に置いとくなんてもったいないじゃねえか。ホームレス連中とぞろぞろ連れてこられて、下着泥棒疑いってなんだよ！　確かに変態には違いねえが」

がらがらと大声で笑う。

「木場さん、携帯繋がらなかったじゃないですか。なんすか、大きなヤマですか」

「なんだ、探り入れようってか。まあ、いろいろあんだよ！」

木場はトイレ帰りの濡れた手でばんばん新城の背中を叩く。ほとんどハンカチ代わりだ。新城は気にしつつもへこへことした低姿勢を崩さない。

そのとき、灰色の廊下を歩いてくる白っぽい人影が見えた。

朔さん、と息を呑む。無表情だ。すっと血の気がひく。

駆け寄りながら「朔さん」と呼ぶと、表情を変えずに小さく頷いた。彼の後ろにいた若い制服姿の男性が怪訝《けげん》さを隠さない顔で、「念のため、ご関係は？」とぶっきらぼうに言った。

「答える必要はないよ」と朔さんが静かにつぶやいた。紺色の声がかすかに掠れていて悲しかった。

「まーた、お前はよう」と肩を叩こうとする木場の手を猫のような身のこなしで避ける。

「まったく相変わらず愛想ないな」

豪快に笑う木場に若い男性警官が耳打ちする。

「まあ、そうだな、お前にはなにも喋らんだろうな。あーでも、こいつの鼻は本物だぞ。都内のコインロッカー遺棄遺体の四割がこいつの通報による発見だった年がある。死んで一時間も経っていない赤ん坊が駅の外からでも臭うってんだからな、まったく普通じゃない。何度、疑われても通報をやめなかったのに、最近はとんとご無沙汰だったな、どうした？」

朔さんは無表情のままだ。聞こえているのか、いないのかもわからない。灰色がかった目はどこも見ていなかった。

「こいつ疲れてんすよ、んじゃ、今日はこの辺で」

新城がへらへら笑いながらも早足で朔さんを誘導する。木場と男性警官は後についてくる。

「新城」と木場がポケットに手を突っ込みながら低い声で言った。

「小川が持っていた下着類は預かっておく。いいか、ここからはこっちの仕事だ。言ってる意味わかるな」

「類って、バッグの中からなにか見つかったんですか」

新城の問いかけを無視して、木場は朔さんの腕をぐいっと摑んだ。ずんぐりした指が白いシャツに食い込んだ。

「おい、犬。知ってることあったら言っておけよ。今日は帰してやるが、あのバッグにはホームレスとお前の指紋しかなかった。女が見つからなかったら、疑われるのはお前なんだからな」

やはり朔さんは反応しない。人形のように腕を摑まれたままふり払おうともせず、動きを止めている。

「朔さん」

声がでていた。

――香りは再起動のスイッチ
木場との間に割って入って、朔さんの鼻先で手をひろげる。菜園で採れたハーブやスパイスの香りが浸み込んでいるはずだ。

灰色がかった目の奥の瞳孔がぶれた。薄い唇がかすかに震えて、少しだけ笑った。かがんで、私の耳元でささやくように言う。

「一香さん、ごめんね。すこし髪に触るよ」

すっと朔さんの手が私の髪の束をすくいあげた。鼻に近づけて、目をとじて深く嗅ぐ。

時間が止まった。朔さんの白いきれいなおでこがすぐ近くにあった。

私の髪に軽く唇を触れると、朔さんは目をあけた。銀縁の眼鏡を胸ポケットから取りだしてかける。

「そろそろ茉莉花の花が咲く時間だ。帰ろうか」

夜に香る純白の花が見えた気がした。

朔さんは呆気に取られて立ちすくむ私たちを見まわして「では」と警察署を出ていった。

慌てて新城と一緒に追いかける。

朔さんは車の横で待っていた。新城が「もーお前、なんなんだよ」とぶつぶつ言いながらドアを開ける。

乗り込もうとすると、「小川!」と背中に怒鳴り声がぶつかってきた。木場がのしのしと歩いてくる。

「今度、時間もらえないか。個人的にな」

「あいつに連絡を」と、朔さんが目線で新城を指す。新城は肩を縮めて運転席に座った。

「ああ、そうだ」

朔さんが木場に近づく。ぼそりとなにか言った。瞬間、木場が腹を抱えて笑いだす。警察署の前でこちらを窺っていた男性警官をふり返って大声で言った。

「おい、松島ぁ、風俗いきすぎんなって言ったろ。カンジダもらってるらしいぞ!」

男性警官の顔色が変わるのが、遠目からでもわかった。

「お前、挑発すんなって。次こっぴどく復讐されるぞ」

「新城がミスをしなきゃもうないだろ」

「おい！　今回ミスしたのはお前だろうが！」

「僕がホームレスたちと警察官と揉めていた間、女子大生とのお喋りに夢中になっていたのは誰だ。ちなみに美結さんのハンカチを持っていた子、嘘ついているよ。借りたんじゃない。おそらく化粧ポーチごと盗んでいる」

「おま……なんで、それ警察に言わねえんだよ！　窃盗犯かもしれねえじゃねえか」

「今回の依頼とは関係がない。それに盗んだものを持ち歩いて高揚していたから、スリルが欲しくてまたやるよ。いつか捕まる」

「すぐ教えろよ、そういうことは！」

車が発進するなり、二人はずっと小競り合いをしていた。新城が声を荒らげるたび、スピードが上がって景色がびゅんびゅんと流れていく。怖いが、注意するのも恐ろしい。

ようやく会話が一段落したので、「朔さん、体調は大丈夫ですか？」と声をかけた。

「匂いがきつくて参ったよ」

バックミラーごしに目が合う。

「……ホームレスですか」

長い間、身体を洗っていない臭いを思いだす。兄のことが頭をよぎって目をふせた。

「個人にとっての悪臭は様々だよ」と朔さんは言った。

「一般的には衛生的でない環境が悪臭を生むと思われているけれど、一概にそうともいえない。体臭や垢《あか》が身体を守ることもある。野生動物は風呂に入らなくても健康でいられる。ある程度の垢がなくては肌が乾燥するし、日焼けによるダメージも受けてしまう。僕はホームレスたちより警察官たちの自律神経が乱れまくった臭いのほうが我慢ならない。疑念、威圧、苛立ち、疲労……ストレスだらけだ。ホームレスたちの体臭にはストレスによる歪みがほとんどなかった」

「じゃあ、いま俺はストレス臭だしまくりだな」

新城がわめくように声をあげる。

「くそ、依頼はパアになるし。警察が横取りかよ。美結、どうなってんだ」

朔さんは返事をしない。

「死んでんのか」

「血」と朔さんが言った。

「血痕のついた女もののシャツがバッグの底にあった。他の衣服はホームレスが売ったのかもしれないが、下着と汚れたシャツは使いようもなくそのままにしておいたんだろう」

「あー、血痕かあ」と新城はたいして驚いた風もなくぼやいた。「だったら、警察に任して正解か」どうやらこういう状況に二人は慣れているようだ。

「でも、おそらく死んではいないよ。臓物の匂いはなかった。血液の量もそう多くない。服を脱がされるときに抵抗して殴られた程度だろう」

　新城がちらっと私を窺い声を落とす。

「……てことは」

「それが、性行為を強要された痕跡がないんだよ。美結さんが怯えていた匂いは残っているが、精液の匂いも興奮した男性の体臭もない。逃げる気力を奪うために衣服を脱がしたんだと思う」

「犯人は男なのか」

　朔さんは答えない。またバックミラーごしに「心配をかけたね」と私を見る。「でも、ちゃんと食べなくては駄目だよ。空腹でストレスを受けると胃が痛む」

　もういまさら恥ずかしくもない。「気をつけます」とだけ返す。

「トマトケチャップを仕込んでくれてありがとう」

「いま冷ましています」

「スパイスの香りに助けられたよ。香水も料理もスパイスが入ることで輪郭がはっきりするんだ」

　洋館にただよう植物の香りを思いだす。あの菜園は朔さんを世間の匂いから守るものなのかもしれない。

「なんか食ってこうぜ」と疲れた声をあげる新城を、「外食は嫌いだ」と朔さんが言下に拒絶する。そのまま、しばらく外を眺めていた。

「美結さんの服を脱がして、バッグを捨てたのは男性だよ。でも、ちょっと迷った。すごくたくさんの女性の匂いも混じっていたから。あと、薬剤」

「ヤク中か」

「鈍いな。さっきヒントをあげたのに」

朔さんが鼻で笑う。「もしかして」と後部座席から身を乗りだした。

「犯人は美容師さんですか？」

朔さんがさっき私の髪に触れたことがずっとひっかかっていた。髪の匂いを嗅ぐことなんて、朔さんなら触れなくてもできる。車内で話しているだけで、私が朝からなにも食べていないことがわかる人なのだから。

「一香さんは新城のところで働いたほうがいいかもね」

「遠慮しておきます」

「なんだと、こら！」

「新城」と朔さんが目を細めた。獲物を追いつめる野生動物のような顔だった。優雅で冷酷、かすかにぴりっとした、いつもの朔さんだった。

「依頼人に電話して、美結さんが通っていた美容院を訊いてくれ。今のじゃない、前のところだ。過保護な親だったんなら知っているだろう」

「さっき関わるなって圧力かけられたばっかなのに……」

「早くしないと先まわりできない。言うこときいてくれたら嫌な外食も付き合うし、パアになった報酬も手に入るかもしれないよ」

喜々として言う朔さんの横で、新城はぐったりとうなだれ、深いため息と共に車のスピードを落とした。

青々と茂った街路樹が目に優しい。小型犬を連れた身なりの良い人が行き交う閑静な通りに、そのヘアサロンはあった。フランス語の看板がかかっていて、店内は温室のように植物であふれている。

正面はガラス張りになっていて、植物の間から中の様子がちらちらと見えた。褪《あ》せた色合いのアンティーク風のドアを開けると、ベルが儚く鳴った。

「すみません、予約はしていないんですけど」

私が言うと、近くにいたすらりとした男性がやってきた。他はすべて女性スタッフだった。

「お時間ありますか？　三十分ほど待っていただけるなら大丈夫ですよ」

にこやかで感じがいい。朔さんや新城と同じ歳くらいに見えた。身体のラインに沿ったシンプルな服を着ている。腰の小さなバッグにはたくさんの鋏《はさみ》が差してあり、動くたびに銀色に光った。

ちらっと後ろを見る。新城がドアの間に足を挟んだまま待っている。

女性である私が客を装って様子を見に行ったほうがいいと新城が主張したのだ。朔さんはドアの隙間からもれる匂いで犯人かどうかの確認をしているはずだ。

男性は新城にも笑顔を向けると、「お連れさまですか」と私を見た。歯が漂白したように白い。

「あ、はい。待っててもらってもいいですか」

「はい、もちろんです。本日はどのように致しましょうか」

えーと、と言葉を探す。なにも考えていなかった。男性が首を傾けて私の髪を見る。

「失礼ですが、もしかして一度も染められてませんか？　健康的な素晴らしい髪ですね。ちょっと、よろしいですか」

男性の手が動く。朔さんが口にした「血痕」という言葉がよぎる。この手が女性を、と思い身体が動かなくなった。

カランとベルが鳴った。

「触らないでください」

見慣れた朔さんの手が私の顔の前にあった。

「彼女を見るのもやめてください」

「えーと、あの……」

愛想笑いを浮かべた男性の顔がわずかにひきつる。「それでは、カットができないのですが……」

「カットにきたわけではないんです。美結さんのことをうかがいたいんです」

男性の表情は変わらない。けれど、ほんの一瞬、さっと背後のスタッフや客に目を走らせた。朔さんはその目の動きを逃さず、「通報するつもりも騒ぎを起こすつもりもありません」と深い紺色の声で言った。まわりに聞こえないように。

「通報?」と男性はおどけたように眉をへの字にする。

「お客さま、なんのことだかちっとも……」

「僕は感想をおうかがいしたいだけです。美結さんを監禁していますね」

男性は肯定も否定もしない。それでも、接遇スマイルは崩さない。朔さんが銀縁の眼鏡を外して、息を吐いた。

「ここの匂いにはあまり長くは耐えられない」

そう言うと、男性に顔を寄せて朔さんがつぶやいた。ああ、というように男性の唇がかすかに動いた。

「もともと……彼女は俺のものですから」

やわらかな笑みがゆっくりと顔にひろがった。甘やかで、官能的ですらある、今までの笑顔とはまったく違う微笑み。背筋にぞっと鳥肌がたった。

「それなのに、勝手によそで染めたり、パーマをあてたりして……あげくの果てに店を変えるなんて。わかります? 最悪ですよ。これ以上、他の人間の手で汚される前に回収しただけです」

「暴力をふるってまで?」

「止むを得なかったんですよ。いまの健康状態は良好です。栄養不足も不衛生も健康な髪の大敵ですから。毎朝、血行を良くするマッサージからはじめて、丁寧に手入れしていますよ」

「そうか」と朔さんは表情を変えず頷いた。

「あなたにとって彼女は髪だったわけか」

男性の目が素早く動く。

「でも、一度傷むと髪はもう駄目なんです。ダメージは完全に修復することはできません。だから、育てなおしているんですよ。それに比べて、そちらの方の髪は本当に素晴らしい」

「見ないでください」

朔さんが私の前に身体をずらした。「へえ」と男性は目を細めた。

「それはあなたのなんですね」

朔さんはなにも答えない。すっと眼鏡をかけた。

「あなたの髪も面白いですね。その色は地毛ですか。伸ばせばいいのに」

「こういう場所が苦手なので」

行こう、と朔さんが私をうながす。

「なんのお仕事をされているんですか」と、ひきとめるように男性が言った。

朔さんは「調香師です」と答え、「極上の香りのヘアオイルをご所望であれば彼に連絡を」と新城を指して、カウンターに名刺を置いた。新城は露骨に嫌そうな顔をした。

店を出て、ガラスごしにふり返ると、男性はまだ微笑みを浮かべて同じところに立っていた。

「ひさびさに嘘のない人間を見た」

助手席に乗り込んだ朔さんがつぶやいた。

「異常者だけどな」と新城が吐き捨てるように言う。「美結を助けないのか」

「それは木場たちがするよ。おそらく悪い扱いはされていないはずだ。僕は訊いてみたいことがあっただけだから」

「お前、ほんっとに……」とわめきかけた新城の手を朔さんが片手で摑む。「ほら」と、掌にピンクゴールドの指輪を置く。小さなハートがついた可愛らしいデザインだ。

「美結さんのつけていた指輪だ。裏に交際相手の名前がローマ字で彫ってある。不倫かどうかはわからないけど、依頼人は縁談のために交際相手の存在を隠したかったんだろう？　買い取ってもらえるかもよ」

新城の喉から変な音がもれた。

「お前……あの状況で、どこから……」

「バッグの内ポケット。あの男、髪以外は本当になにも要らないんだね」

「そういうことじゃねえだろ」

「どうするかは新城にまかせるよ。売りつけるなり、処分するなり、好きに選んだらいい」

新城はひとしきり頭を搔いて、窓を開けて煙草に火を点けた。車内にゆっくりと煙が充満していく。「夏の終わりの台風がくるよ」と暮れていく空を見つめながら朔さんが小さな声で言った。まだ風も吹いていないのに。

「高性能の気象アプリだな。いつだよ」

「三日後くらいかな」

「そうか」

新城は置きっぱなしの空き缶で煙草を潰すと、車の窓からヘアサロンへ向けて指輪を放った。薄暗くなっていく空気の中で、ガラス張りの建物はうっすら緑色に光っていた。

「疲れた」と朔さんが窓に頭をもたせかける。

車が発進すると同時に、白い車が二台駐車場に入ってきて、一台は店の裏にまわった。勢いよく開いたドアからずんぐりとした影が出てきて、じっと私たちの車を見送っていた。

誰も口をきかなかった。新城は車線を見つめたまま運転し、朔さんは目をとじていた。

私は朔さんが男に尋ねた言葉をくり返し思いだしていた。おそらく新城には聞こえなかったはずだ。

――そうやって彼女を所有するのはどんな気分？

朔さんは確かにそう言った。

洋館へと向かう道はどんどん暗くなり、闇に塗りこめられていくようだった。

6 : Citrus Note

透明な日差しの中、黄金色の小さな花が降ってくる。

甘い香りが散らばって、真っ白な布に音もなく花が敷きつめられていく。太陽に照らされた梢《こずえ》の花は黄金色だけど、布に落ちた花は可愛いオレンジ色に変わる。ビーズのような小さな、小さな花。

私の向かいで、布の両端を持った朔さんが陽光に目を細める。私たちがひろげた白い布が光を反射して、朔さんの色素の薄い目も髪もきらきらと輝いている。秋の空気は焼き菓子のように甘く芳ばしい。朔さんにとってはもっと複雑な匂いなのだろうけど。

「おい！　不公平じゃねえか!?」

幹に足をかけて枝をゆすっていた新城がわめく。

「俺ばっか肉体労働で、お前らは布持って突っ立ってるだけじゃねえか！」

大声をあげるたびにはらはらと小花が落ちる。それを布で受けとめる。落ち葉を集めている源さんが気ぜわしそうな視線を寄越してくる。

「新城、木が傷む。もっと優しく」

朔さんの眉間に皺が寄る。枝のどこかが裂けたのかもしれない。朔さんは樹液も、人の血も同じように嗅ぎつける。源さんが庭木の剪定をする日は窓をかたく閉ざすくらいだ。

新城が「はいはい」と不貞腐れながら次の枝に手をかける。私と朔さんは布をひろげたまま じりじりと移動する。黄金色の花のシャワー。陽だまりの暖かさと甘い香りで、ゆらりと眠気にからめとられる。

「眠い？」

ささやくように朔さんが言った。「すみません」と背筋を伸ばす。

「最近、ちょっと眠そうだね。体温もあがっている。秋はあんがい自律神経が乱れる季節だからね」

かすかに布がたわんだ。「のぼせはない？」と朔さんが私を覗き込む。

警察署で髪に触れられたときのことを思いだした。息がかかるほど近くで見た、白いきれいなおでこ。

私の頰に朔さんの手が伸びる。そっと、なぞるように温度を確かめる。

そんな錯覚に目がくらむ。秋の日差しは思いのほかまぶしく、現実の輪郭をあやふやにする。朔さんの両手は布をつまんだままだ。

「大丈夫です」とうつむいて、降りつもっていくオレンジ色の花を見つめる。埃っぽく乾燥した空気に鼻の奥がつんとする。

「今日はジュニパーベリーのバスオイルを持って帰るといい。むくみが取れるよ」

そう言う朔さんの頭上に花がばらばらと落ちてきた。

「喋ってないで、上見ろよ。花が無駄になるぞ」

新城が口の端をゆがめてひゃひゃひゃひゃと笑う。朔さんは黙ったまま身体をずらした。白シャツの襟や肩にオレンジ色がひっかかっている。茶色い短髪にも。花粉をつけた昆虫みたいで、ちょっと可愛い。「朔さん」と目線で知らせようとするが、にっこりと微笑まれるだけで気がつかない。

払ってあげたくなる。布から手を離せないけれど。朔さんは、嫌がるだろうか。私から彼に触れたことはない。私の体調を気遣うのは匂いのためだとわかっている。なのに、ときどき距離が近くなったような思い違いをしてしまう。

頭上の枝葉が忙しく鳴る。花は静かに降ってくる。見つめていると、「うわっ」と声がした。花の降る勢いが急に落ちる。

新城がまずいものを飲み込んだような顔で木から離れ、後じさりしようとしていた。布を傾けないように注意して首《こうべ》をめぐらすと、菜園をのしのしと突っ切ってくる男性がいた。古びた背広が甲冑《かっちゅう》のように黒光りしている。

威圧感にぎょっとする。以前、警察署で会った木場という刑事だと気づく。猪首のがっしりした体型はラグビーの選手のようだ。行く手を阻まれたら、逃げようという気力を根こそぎ奪われそうな迫力がある。菜園によそ者が入ることを嫌う源さんも熊手を手に様子をうかがっていた。

「おう、新城、お前ここのところ中町《なかまち》をうろちょろしてるだろ」

中町はこの街一番の歓楽街だ。夜はネオンと酒ときつい香水で色づく。もちろん私も朔さんも行ったことはない。

「変なことに首突っ込んでんじゃねえよなあ」

「なに言ってんすか、仕事ですよ、仕事。こいつの香りを欲しいっていうオネエチャンがいたんすよ」

急に奇妙な若者言葉になった新城が愛想笑いをする。

「確かに、催淫効果のある香りを頼まれましたが、その仕事は三ヶ月前に終わっていますよ」

さっきの仕返しとばかりに朔さんが薄笑いを浮かべて言った。

「新城はここのところ毎晩のように同じ店に通ってるみたいですね。いつも匂いが一緒だ。ちょっとクロークが黴臭《かびくさ》い。飾りたててはいても設備の古い店のようですね」

「お前！」

慌てる新城を無視して木場に微笑む。

「まあ、こいつの女好きはいつものことですよ。今日はどういったご用件ですか？」

木場はじろじろと菜園を見まわす。野菜のほとんどは収穫を終え、寒さに弱い植物は冬囲いをはじめていた。源さんが落ち葉集めに戻る。

「おい、あれタバコじゃないのか」

「さすが、目ざといですね。おっしゃる通りニコチアナ・タバカム、煙草の原料になる植物ですよ。でも、よく見てください。萎れてはいますが花が見えるでしょう。煙草にするときは花は咲いたらすぐに切り落とします。これは香料植物でもあるんですよ。煙草の製造は違法でも、栽培は合法のはずですよ」

木場が口を結んで唸《うな》る。

「今日はよく喋るじゃねえか。この間はずいぶんとまわりくどいヒントをありがとうよ」

「知ってることがあったら言え、と脅されたので」

「言いはしなかったけどな」

地響きのような銅鑼声《どらごえ》。新城は目をそらしたまま黙々と枝を揺すっている。

「木場さんならあれで充分と思ったので」

涼しい声で朔さんが言うと、木場はぶはっと豪快に笑った。それから、まぶしいものでも見るような目で布の花に視線を落とした。

「金木犀《きんもくせい》か」

「ええ、アプリコットに似たフルーティフローラル系の香りがとれます」

「まったくわからねえ」と木場が苦笑する。「子供が好きな匂いか」

朔さんは表情を変えずに言った。

「どうでしょうね、子供にも個体差がありますから」

一瞬、木場の反応が遅れた。朔さんの目がかすかに動く。

「そうだな」と木場が言い、また菜園を見まわした。なにか言おうとする彼を朔さんがさえぎる。

「新城のただでさえ低い集中力が途切れますので、少しだけ黙っていてもらえませんか？見ての通り、僕らも手が離せませんので、用件は後ほどうかがいます」

怒るかと思ったが、木場は「おう」と言ったきり黙った。煙草を吸うでもなく、足踏みをするように落ち着きなく身体を揺らしている。頑強そうな足で土が踏み固められていくのを、源さんが心配そうにちらちらと見遣っていた。


洋館のダイニングテーブルの椅子にどっかりと腰を下ろす木場は異様に浮いていた。その横でいつも態度のでかい新城がしおらしく肩を縮めている。座るなり叫ぶ「一香ちゃん、コーヒー！」も今日はない。

朔さんは収穫した花の香料を取るためにログハウスに行っている。香料を作るには、蒸留や圧搾や抽出といった様々な方法があり、小屋の中には銀色の大きな釜や舌を噛みそうな名前の化学薬品が置いてあるが、私はほとんど手伝ったことがない。力がいるときは新城を使うが、基本的には朔さん一人で作業をしている。なので、どれくらいで戻ってくるかもわからない。

昼食の準備をしながら庭とダイニングテーブルを交互に見る。木場と新城はもう一時間以上も待たされていた。会話も尽き、重苦しい沈黙に包まれている。

「あの、よろしければどうぞ」

ガラスの器をテーブルに置くと、木場は器ではなく私をまじまじと見つめた。

「烏龍茶と金木犀の花のジュレです。下は練乳の入ったミルク寒天です。さっぱりしますよ」

視線に気がつかないふりをして説明し、中国茶を淹れた。

「烏龍茶か」

木場がやっと琥珀色《こはくいろ》のジュレに目を遣る。グローブのような手でむんずとガラスの器を摑み、匂いを嗅ぐ。

「金木犀は中国原産の植物なので、中国茶と合うんです。古代中国の皇帝の庭園に植えられていたそうですよ」

「皇帝の食いもんか」

木場はにやりと笑うと、スプーンを突っ込んだ。ひとくち食べて「うお」と声をあげ、牛丼のようにかき込む。

「あっさりして、うまいな」と呻《うめ》く。「甘すぎねえし」

新城は陰気な顔でずるずると食べている。水っぽいものより炭水化物や肉が食べたそうだ。

ぼそりと木場がなにか言った。

「……口内炎あってもこれなら食えるかな」

おそらく私だけに聞こえた。独り言のようにつぶやく声が弱々しく思えた。

「ええと、レモンが入ってますけど……入れなければもっと優しくなるかと。あの、朔さんにお願いすればレシピをお譲りすることもできると思いますけど」

意外そうな顔で私を見る。

「この間は犬の女かと思ったが、あんた助手なのか」

不躾な質問に思わず顔がひきつる。なにより、朔さんのことを犬と呼ぶのはやめて欲しい。

「家政婦兼事務員です。あと、朔さんは人間です」

木場はぽかんとした顔になり、突然、腕を伸ばしてきた。身体をこわばらせた私の腕をばしばしと叩く。痛くはないが、手の厚みと重量感がすごくて吹っ飛ばされそうだ。

「すまん、すまん、小川だな」

よろけながら、やっとのことで「はい」と言う。「あの、レシピは……」

「ああ、でも、あの花がなきゃ作れないんだろ」

木場が顎で窓の外を指す。金木犀の花はまだあちこちで黄金色に輝いている。

「じゃあ……」

「作って持っていきますよ。もちろん有料で」

背後から朔さんの声がした。勝手口から入ってきたようだ。私たちの横をするりと通り抜け、新城の横の椅子をひいて座る。全員の注目を集めながらも少しも急いだ様子がない。新城の茶を奪い取って喉を潤すと、「駄目ですよ、そうやって気安く女性に触れるのは。警察は古い体制のままかもしれませんけど」と目を細めて木場を見た。

「うるせえなあ、もう」

「相手の気持ちになってみてください」

「お前にそんなこと言われるとはな。手作りデザートなんて作らせて、優雅な生活を送ってるじゃねえか」

「体質のせいで外食ができないので」

「体質ねえ」と木場が嫌な笑みを浮かべる。

朔さんはふっと微笑むと、頬杖をついた。

「あなたが単刀直入に用件を言わないのはめずらしい」

木場がぐっと口を結ぶ。顎の辺りが緊張のせいかぴくぴくと痙攣《けいれん》した。

「プライベートな依頼ですか」

「まあ、そうだ」

新城がほっとしたように肩の力を抜く。「そういうことなら俺に連絡してくださいよお」と情けない声をあげる。その声を無視して朔さんが背もたれに身体をあずける。

「言っておきますが、かなり高額になりますよ。公務員の給料ではなかなか痛い出費になるかと思います。おそらく、少なくはない医療費をかかえているあなたには特に」

木場の椅子が音をたてた。肩を怒らせて立ちあがり、朔さんと新城を睨みつける。新城が必死の形相で首を横にふる。

「新城じゃありません。こいつにあなたを尾行する勇気はありませんよ」と朔さんが静かな声で言う。木場が短く息を吐いた。

「鼻か」

どすんとまた椅子に腰を下ろす。

「この間か？」

「そうですね、警察署で会ったあなたからは病院の匂いがしました。それも小児病棟の。何度も通っていますね、染みついていました。僕はああいった場所があまり得意じゃない」

「病院嫌いってお前、ガキじゃあるまいし」

ぐいっと茶を飲み干して、木場が吐き捨てるように言った。

「あなただって苦手ですよね。嗅覚というのは自己防衛機能のひとつです。健康な身体を持つ誰もが怪我や病気の匂いに抵抗があるはずなんです。自覚的か、無自覚かの違いはあれど。僕の鼻も例外なくそういった人が集まる場所の匂いに敏感になります」

木場が呆れたように口をあけた。

「お前、ほんと今日は人が変わったみたいに喋るな。昔は口がきけねえのかと思っていたのによ」

朔さんは手を組んだ。目線で茶のお代わりを要求してくる。

「当たり前じゃないですか、ここは僕の仕事場ですよ。気持ちがかたまったのなら、お話をうかがいましょう。ただ、もうすぐランチの時間なので手短にお願いします」

そうよどみなく言うと、朔さんは胸ポケットから銀縁の眼鏡を取りだした。

「お前なあ、ほんと……その能力で捜査に協力してくれたらいいのによお」

ぼやくように言う木場に朔さんは短く「僕は正義もあまり得意じゃないので」と答え、ちらっとこちらを見た。

私は壁の時計を確認すると、やかんを火にかけ、昼食の仕上げにとりかかった。


口のひろいアンティークのリキュールグラスに、丸い砂糖菓子がちりちりと儚い音をたてながら転がり落ちていく。白、ピンク、ブルー。薄暗い部屋でもくっきりと見えるほど鮮やかな、まるで子供の玩具みたいな色をしている。

「日の落ちるのが早くなりましたね」

湯気のたつ紅茶を手渡すと、朔さんはどこも見ていない目で「うん」と言った。最近は、こうして仕事が終わった後に朔さんの仕事部屋でお茶をする。お酒の日もある。壁の戸棚にはずらりと香料の瓶が並び、その一角に朔さんが集めている薬草系のリキュールがある。今日はお酒ではなく砂糖菓子がリキュールグラスに注がれた。

大きめの丸薬のような白い粒をつまむ。歯を当てると口の中で簡単に崩れた。もったりと甘いリキュールが舌にひろがり、豊かなお酒の香りが鼻に抜ける。じゃりじゃりと奥歯で砂糖を噛みつぶす。

「コアントロー……?」

私のつぶやきを「そう」と朔さんが拾う。

「ブルーはアニゼット、アニスのリキュール。ピンクはマラスキーノ、さくらんぼのリキュールだね。日本のさくらんぼとは違うからチェリーと言ったほうがいいかな」

ゆったりと話す声を聞きながら砂糖菓子を口に運ぶ。

「味もおもちゃみたいですね」

も、と言ってしまう。朔さんは気づいていないように「お酒だけどね」とひと粒、口にふくんだ。ブルーの粒であることがかろうじて見えた。噛まずに口の中で溶かしている。私もそれにならう。

木場の依頼は、生きる力を呼びさます香りだった。彼の息子が入院しているそうだ。脊椎に炎症が起きる先天性の病気を発症し、下半身が動かなくなってしまった。現実を受け止めきれないのか、車椅子で生活するためのリハビリがうまく進まない。症状によってはまた手術があるかもしれない。学校にも行けず一日中病院にいて気も滅入っているだろうから、なんとか上向きにさせてやりたい、と木場は途切れ途切れに話した。遅くできた子供で、まだ十歳だという。

「こんな仕事だからなにがあるかわからねえしなあ、子供なんていないほうがいいって思ってたけど、できたときはやっぱり嬉しくてな。産まれたときのことは、忘れられねえよ。まさか、俺じゃなくてあいつになにかあるなんてさ。ひどい事件いっぱい見てきたが、自分の不幸にはつくづく弱いもんだな、人間ってのは」

笑おうとして、うまくできず、鬼瓦みたいな顔になっていた。帰っていった後、新城がぼそっと言った。

「木場さんは怖《こえ》えし、しつけえし、心底めんどくせえ奴だけどさ、あんな姿は見たくねえな」

口の中でふいに砂糖の粒が崩壊する。体温と同じになった甘いリキュールが喉の奥に消えていく。

前に新城が話していた朔さんの子供時代が気にかかった。朔さんが本当に苦手なのは病院ではなく子供なのではないだろうか。関わることで辛い記憶がよみがえってしまうのかもしれない。けれど、私から訊くこともできない。

朔さんはオットマンに足をのせ、目をとじている。口の中の砂糖菓子はまだ溶けないのだろうか。

「これくらい甘くしてね」

「え」とティーカップから顔をあげる。部屋はもう暗く、菓子の色もわからない。ただ、朔さんの白い顔だけがぼんやりと闇に浮かんでいる。暗闇でも、目をとじていても、朔さんには見えるのだろう、冷めていく紅茶も、私の心の揺らぎや顔色も。

「明後日、持っていく金木犀のジュレ。甘いほうがいいと思う」

紺色の声が夜闇に溶けていく。小さく「はい」と頷いた。

新城が買ってきてくれた製菓用のプラスチック容器に六つ、ゆるく作った練乳ミルク寒天を流し込み、烏龍茶と金木犀のジュレを盛った。隙間に保冷剤を詰めて、クーラーボックスに入れる。

新城の運転する車に乗って、三人で出かけた。

病院は海にのぞむ高台にあった。海に近づくと、朔さんはめずらしく助手席の窓を開け、風を嗅いだ。新城の黒い癖毛が風にあおられて乱れる。

「閉めろよ、前が見えなくなるだろ。お前、潮風は嫌いだって言ってたじゃねえか」

「新城は髪が長すぎるんだよ。夏の海が生々しくて耐えられないだけで、寒い季節の海は嫌いじゃない」

確かに風はもう冷たかった。私の鼻にもかすかに磯の匂いが届く。

「これからの海はさみしいだろ」

新城がらしくない声の調子で言い、車を道の脇に停め、煙草を咥えた。眼下に海が見える。歩いている人はおろか、車もあまり通らない。ガードレールの向こうで岩場に波がぶつかり白く砕け散っている。

さみしい海は朔さんに似合っていた。

「海は大きすぎて楽だ。すっぽりと消える」

そんなことを言い、しばらく眺めていた。朔さんが窓を閉めると、新城は煙草をコーヒーの空き缶に落として車を発進させた。

病棟へ向かう白い通路は広々として、大きな窓からは日光がふんだんに差し込んでいた。

点滴の袋をぶら下げた人や車椅子の人とすれ違う。小児病棟のナースステーションのすぐ横はレクリエーションルームで、原色のマットの上に玩具や絵本が散らばっていた。

ピンクの廊下に並ぶ病室の真ん中辺りに木場が立っている。「おう」と低い声で言い、中に入るよう身振りで示す。名札には「木場翔《しょう》」と書かれている。

「入るぞ」と木場がドアを開ける。白い病室は午後の光でいっぱいだ。リクライニングベッドの背もたれに寄りかかる小さな人影がこちらを見た。

「翔、ほら、挨拶しろ」と木場が急《せ》かす。少年は手に持っていた本を閉じ、私たちに向かって軽く頭を下げた。

「こんにちは」

まだ高さを残した幼い声。いぶかしげに父親と私たちを見比べている。「ほら、あれだ」と木場が場違いに大きな声をあげた。「知り合いだ」まるで説明になっていない紹介をして、がっしりした背中を向ける。

「ちょ、木場さん……」

焦る新城に「先生と話してくるわ」と背中で言い、どすどすと部屋を出ていく。呆気に取られた私たちをちらりと見て、少年はまた本をひらいた。動作がひどくゆっくりとしている。薄い掛け布団の下から、薄い黄色に染まった管がでていた。まだ自力でトイレに行けないのだと木場から聞いていた。どう声をかけたらいいかわからず、クーラーボックスの持ち手を握りなおす。

「ゲームとかじゃなくて本が好きなのか？　頭、良さそうだな」

カーテンの横のパイプ椅子を引き寄せながら新城が言った。ベッドの脇で脚を投げだして座る。

「ゲームは疲れるから駄目って……」

少年が上目遣いで私たちを見た。

「へえ、なに読んでるの」

「昆虫の本。母さんが図書館から借りてきてくれる。もう家のはぜんぶ読んじゃったし」

「すげえな。ちょっと見せてくれよ。うわ、字ばっかじゃん」

大げさにのけぞる新城に「写真もあるよ」と少年の顔に笑みがこぼれる。薬のせいなのかむくんだ顔が痛々しいが、笑うと見える八重歯が可愛らしい。

「新城はああ見えて子供受けがいい」と朔さんが耳打ちしてくる。確かに、あっという間に馴染んで、私にはわからない虫の名前を言い合っては笑ったり軽くこづいたりしている。

「あ、ゼリー持ってきたんだ。食う？」と私のクーラーボックスを奪う。

器を持つ手がぎこちない。指がうまく動かないようだ。翔くんはおそるおそるプラスチックのスプーンを口に運ぶと、「おいしい」とほっとした表情を浮かべた。口内炎がひどくてあまり食べられなかったのだと言う。「ありがとう、おねえさん」と笑いかけてくる。目が合った瞬間、幼かった頃の兄を思いだし心臓が軋んだ。こんな風に感謝されたことも、笑う顔に安堵を覚えたことも、なかった。

「いっぱいあるからね」

うまく笑えない。なんとかそう言うと、窓枠にもたれた朔さんの視線を感じた。「木場の息子とは思えないスマートさだな、おい」と新城がぼやく。

「おじさんたちは父さんの友達なの？」

いくぶんくつろいだ様子で翔くんが新城と朔さんを見た。

「一香ちゃんはおねえさんで、俺らはおじさんなのかよ」

傷ついた顔の新城に翔くんが「ごめんごめん」と笑う。「だって、父さんの友達だったらおじさんかなって」

「俺らがあいつと同じ歳のわけねえだろうが！」

「おにいさんたちも警察官？」

「いやいや」と新城は口をゆがめて「俺は探偵」と得意げな顔をした。

「探偵ってテレビや映画にでてくる？　ほんもの？　すっげー！」

翔くんが興奮した声をあげる。ベッドから動けなくても、はしゃいでいると普通の元気な男の子だ。「こいつは調香師」「ちょーこーし？」「知らねえのか、めずらしいんだぞ。こっそり教えてやろうか」「うん！」と盛りあがっている。

木場はなかなか戻ってこない。朔さんが「遅いな」とドアに目を遣ると、ふっと翔くんの表情がかげった。

「父さん、きっと怒ってんだ」

「え?」と新城と私の声がかぶる。翔くんはパジャマの袖を交互にひっぱりながら眉をへの字にして笑った。

「ぼくがこんなになっちゃったから……刑事になるって約束したのに。車椅子の刑事なんていないよね……」

思わず助けを求めるように朔さんを見てしまった。朔さんは身じろぎせずに翔くんを見つめていた。突然、「ばーか」という声が部屋に響く。

ぎょっとする。新城だった。

「そんなんわかんねえだろ。つうか、刑事なんてクソだぞ、探偵になれよ」

翔くんのまっすぐな髪をぐしゃぐしゃと掻きまわす。一瞬、くしゃりと顔をゆがめたが、翔くんは泣かなかった。唇をぎゅっと噛んで、空になったプラスチック容器を睨みつけていた。頑固そうなその顔は木場によく似ていた。

病院から帰ると、朔さんは仕事部屋にこもってしまった。新城もそそくさと洋館を出ていく。私は源さんと森で拾った栗の皮むきをした。硬い焦げ茶の鬼皮でボウルをいっぱいにして、渋皮を残したまま重曹であく抜きをする。二回、三回と鍋で茹で、表面を竹串できれいにして、砂糖でくつくつと時間をかけて煮る。手間のかかる作業は精神を落ち着ける。最後にブランデーをひと垂らしして、一晩置いて馴染ませる。

渋皮煮を仕込む合間に、残りの栗をむいて栗ご飯を作った。おにぎりにして源さんに届け、朔さんの分はラップをしておく。

日が暮れても朔さんは下りてこなかった。集中したいときは食事を抜くことがある。空腹時のほうがより匂いに敏感になるのだと前に聞いた。

栗ご飯を冷蔵庫にしまい、メモをダイニングテーブルの上に残して洋館を後にした。

その晩、母から電話があった。少し迷って、やはりでられず、メールで元気にしている旨を送る。すぐに返事がきた。私を気遣う言葉だらけの文章の中に「遠慮なくいつでも帰ってきてね」という一文を見つける。つい、でもそこは私の家じゃないから、と思ってしまう。私が育って、父が出ていき、兄が死んだ家は、もうない。あっても、きっと困っただろうに、ないという事実だけが重く残っている。「ありがとう」と打ち込んで、もうこれ以上返信がこないように「おやすみなさい」と最後につけた。温度のない文字だけのやりとりが精一杯だ。あのときから、私は誰にもなにも伝えたくないし、伝わってしまうことが怖い。唯一の肉親の母であろうと。

でも、朔さんには伝わっているのだろう。心の動きも体調もすべて。いつか過去も伝わってしまうのだろうか。黒いぽっかりした穴が足元に空いた気がした。そうなったら、もうそばにはいられないかもしれない。

次の日、洋館へ行くと、朔さんが台所で白湯を飲んでいた。ガウンのようなカーディガンに身を包んでいる。「おはよう、早いね」と微笑む。「昨夜はあまり眠れなかった？」

「はい」と頷き、「すみません」と言ってしまう。

「謝らなくていいよ。今日は帰りに身体が温まるハーブティーを持たせるね」

鋳物鍋の蓋を開け、「渋皮煮、おいしそうだ」とつぶやく。

「なにか作りましょうか」

「そうだね、その前に」とカーディガンの裾をはためかして台所を出ていった。階段を上がる音が聞こえ、すぐに下りてくる。片手に匂い紙を持っていた。

「翔くんのですか？　もうできたんですか」

いつもは調香してから、アルコールと香料を馴染ませるために二週間ほど熟成させる。

「早いほうがいいと思ってね」と、私の鼻先で紙をそっとふる。レモン菓子のような香りがした。果実のレモンより粉っぽく、青臭いような気もした。

「わからない？」

「レモンみたいな……」

朔さんが目を優しく細める。

「一香さんは女の子だからあまり外で遊ばなかったかな。これは蝶の匂いだよ」

「蝶って香りがあるんですか？」

もう一度嗅ぐ。やはり覚えはない。けれど、鱗粉《りんぷん》の粉っぽさを感じるような気もした。

「モンシロチョウの翅《はね》はレモンの香りって聞いたことない？　これはそのモンシロチョウより匂いが強いスジグロシロチョウでね、林なんかの少し暗いところにいる。白い翅に水墨画のような黒い筋が入って、しっとりと美しい蝶だよ。匂いがするのは雄だけで、発香鱗《はっこうりん》というフェロモンをだす鱗粉を持っているんだ」

朔さんがゆっくりと紙をふる。ひらひらと蝶が舞うように。

「翔くん、喜びますね。これを嗅いだら、春までにリハビリをがんばろうと思えるんじゃないでしょうか」

勢い込んで言うと、朔さんは「どうかな」と横目で私を見た。ダイニングテーブルのほうへ歩いていく。

「フェロモンがなんのためにあるか知ってる？」

「ええと」と、言いよどむ。「生殖のために……」

うんうんと朔さんは頷き、「これはね」と椅子に腰かけた。

「気づいて欲しいっていう匂いなんだよ。小さな生物が特殊な匂いをだすのは危険なことだ。それでも、命をかけて、こっちに気づいて、ここにきて、と主張をするんだ」

「気づいて……」

「病院に行こうか」

静かに朔さんが言った。新城の車が洋館の前に停まる音がかすかに聞こえた。

見渡す限り灰色の駐車場の向こうに海が見えた。ひと気はないが、砂浜もある。今日も海は寒々しく荒れていた。

新城の車の中で待っていると、白い車がやってきて十メートルほど離れたところに停まった。仕事中なのか、運転席には以前見た若い男性警官がいる。助手席から降りた木場がのしのしと歩いてくる。朔さんが外へ出た。私もその後ろに立つ。横殴りの風が冷たい。

「えらい早いじゃねえか」

「たいして難しくない仕事でしたから」

「足元見て手え抜いてるんじゃねえだろうな」

朔さんは可笑しそうに笑った。木場の髪は脂ぎってべったりとして、目の下には濃いくまがあった。昨日と同じ背広のままだ。朔さんでなくとも、彼が昨日から家に帰っていないのは一目瞭然だった。

「仕事熱心で、疑り深い。木場さんはそうじゃなきゃ」

朔さんが胸ポケットから小さな香水瓶をだす。ガラスの栓を抜き、どうぞ、と差しだす。鼻を近づけた木場は猪首を傾げた。

「確かに爽やかだが、翔がこんな匂いを好むのか？」

「おわかりになりませんか？」

木場は唸りながら数度嗅いだが、「わかんねえなあ」と太い腕を組んだ。鼻を掻いてくしゃみをたて続けにする。「あーすまん、香水とか苦手なんだよ」

朔さんは香水瓶に栓をすると、小さく息を吐いた。

「推測するに、木場さんは家のことは奥さまに任せきりで、仕事一筋でしたね。子供が起きているような時間にも帰らず、我が子のことは奥さまからの報告でしか知らない。昆虫好きとは知っていても、実際に捕虫網を持って一緒に野山を駆けたことはありませんね。この匂いを知らないっていうのはそういうことです。これは蝶の匂いです。昼間にしか活動しない蝶です」

　木場は口を結んだ。ややあって「そうだ」と低い声で言う。「運動会だってまともに見にいってやれなかった」

なにかを言いかけてやめる。走る姿を見ておけば良かったと目が語っていた。

「翔くんは不安でいっぱいですよ」

「当たり前だろうが！　あんな病気なんだぞ」

声を荒らげる。「そんなことお前に言われなくてもわかってる！」と怒鳴る木場を朔さんはまっすぐに見つめる。

「違う。彼はあなたに見捨てられないか不安なんです」

　木場が呆然と口をひらく。

「俺が？　翔を見捨てる？　そんなことあるわけがない」

「そう思っているのはあなただけです。子供はいつだって親に嫌われないか心配なんです。大人になってそのことを忘れてしまうのは、一人で生きていけるようになるからですよ。あの子はまだ違う。あなたはあの子のことをまるでわかっていない」

「お前、お前に……」と木場の顔が真っ赤になった。朔さんに摑みかかる。私が止めようとする前に運転席から新城が飛びだしてきた。

「だあー！　もう、あんま挑発するなって。はいはいはい、木場さんも落ち着いてくださいねー。こいつ、こういう無神経な奴だってよく知っていますよね」

ぐいぐいと木場と朔さんを引き離す。朔さんはそれでも喋り続ける。

「木場さん、どうして翔くんに触れないんですか。触れてませんよね、彼にあなたの匂いがまったく付着していなかった。抱き締めなくても、頭を撫でるとか、背中を叩いてやるとか、できるでしょう。他の人間には平気でばしばし触るのに、息子さんには近づけないのはなぜなんです。どんな事件にだって食らいついていくのに、人の内面や過去にずかずか踏み込もうとするのに、どうして彼には向き合えないんですか。罪悪感ですか？　それとも……」

新城を押しのけて木場の腕を摑む。ずんぐりした掌に香水瓶を握らせる。

「これを嗅がせれば翔くんは喜ぶでしょう。あなたからのプレゼントだと言えば元気にもなるかもしれない。けれど、こんなもの一時しのぎですよ。シトラス系の香料は軽やかで好まれやすいけれど、すぐに消えてしまう性質があるんです。それと一緒です。あなたにはもっとやらなくてはいけないことがあります」

「朔！」

聞いたことのない声で新城が叫んだ。「もうそれくらいにしとけ」

たしなめているのに、自分が傷を負ったような悲痛な顔をしていた。朔さんは新城を横目で見て、口をつぐんだ。風の音だけが抜けていく。

やがて、木場が「そうだな」と地面を見つめながら言った。香水瓶を握り締めている。

「小川、俺はお前の母親と同じことをするところだったよ」

「違いますよ」と朔さんが無表情で言った。

「あなたが向き合えないのは翔くんの病気です。彼の存在じゃない」

木場が「情けねえな」と、表情をぎゅっとこわばらせる。笑おうとしたようだった。「これはまだいい」と私を見る。

目の前に大きな手が突きだされた。渡された香水瓶は木場の体温で熱くなっていた。

「ねえちゃん、またあのゼリー作ってくれるか」

「はい」という声が掠れてうまくだせなかった。

「ありがとうな」

木場はのしのしと踏みしめるように歩いていった。車の窓ごしに部下になにか言い、病院のほうへ向かい、一度もふり返らなかった。朔さんはその背中をじっと見つめていた。

朔さんらしくない。朔さんは最終的には必ず依頼主自身に選択させた。あんな風に香水瓶を握らせることは、私が知る限りなかった。

バタンという音で我に返ると、新城が運転席に戻っていた。朔さんは海のほうへと歩いていく。追いかけた。

「朔さん」

声をかけたものの、なにを言っていいのかわからない。朔さんがわずかにふり返った。

「前に警察署でロッカーの話を聞いていたよね」

「あ、はい」

「不思議に思わなかった？　僕の鼻なら赤ん坊が遺棄された時点で気づいたはずだって。まだ息がある子もいたんだよ」

試すような口調だった。朔さんにはめずらしい。返事ができずにいると、「判断ができなかったんだ」と目を細めて言った。

「救えたのに、迷った。迷って、見捨てた。何度もね」

息を吸って「どうしてですか」と朔さんを見返した。訊かれたがっている気がした。

「どうしてだろう。僕の子供時代が暗かったからかもしれない。知りたい？」

どこも見ていない目で微笑む。ああ、どうして人はつらいことを話すときに笑おうとするのだろう。

「僕はね、母親から捨てられたんだ。彼女はずっと僕を見ないようにしていた。見なければ存在を消せるとでもいうように。でも、あの日。母親が出ていった日、抱き寄せられたんだ。すぐ戻ってくるからねって、僕を抱き締めた母親からは嘘の臭いがした。正しくは、嘘がばれないよう緊張した嫌な体臭がした。きっと、彼女は僕の目を見ないで済むように僕を抱き締めたんだろうね。でも、目なんか見なくてもわかってしまうんだけどね。母親がいなくなって、帰ってこなくなっても、嘘の臭いだけが残っていた。匂いは残るんだよね、ずっと。記憶の中で、永遠に。みんな忘れていくけれど」

そうだった。この人は忘れられない人だった。人より優れた嗅覚が忘れさせない。だから空洞はくっきりと残り続ける。

洋館の夜のにおいがたった気がした。記憶という、色も形もない永遠の瓶の中に彼はひとり閉じ込められている。

じゃり、と朔さんの足元で砂が鳴った。砂浜が駐車場を侵食している。

「でも新城は忘れなかったな。あいつ、記憶力ないのに不思議だよね」

ふふ、というやわらかな笑い声が風にまかれた。やっと気づく。朔さんが新城にだけ触れられるのは、彼がいなくならないと知っているからだ。

「でも、もう別に恨んでいないよ。僕は特殊な子供だったのだろうし、親だからこそ直視したくないものだってあるのもわかる。驚かせてすまないね」

朔さんの歩調が速まる。きっと一人になりたいのだ。でも、それと同じくらい誰かにそばにいてもらいたいのだと、どこかで朔さんが思っていることを信じたかった。

手を伸ばす。海風でふくらんだ大きすぎる朔さんのシャツを摑む。

砂浜まであと少し。白っぽくなったアスファルトで朔さんの足が止まった。

「朔さんは木場さんと翔くんを救いました」

沈黙があった。しばらくして「まだわからないよ」と朔さんは言った。

「でも、できる限りのことをしたんです」

朔さんはなにも言わなかった。

「私も人を見捨てました」

つぶやいていた。

聞こえたのか、聞こえなかったのか、わからない。もう一度言おうとしたとき、朔さんがふり返った。

朔さんのシャツを摑んだ私の手にそっと触れる。

「つめたいよ」

それから、紺色の深い声で「帰ろうか」と言った。

夜に電話が鳴ると、息が止まりそうになる。

同時に、諦めに似たなにかが私の身体を重くさせ、電話以外のすべてが消える。夜の闇に私と鳴り続ける電話だけ。今度こそ、でなくてはいけない。かたい機器を耳に押しあて、私へと向けられる言葉を受け入れなければいけない。

「あの晩」

暗い仕事部屋で口をひらく。潮風の湿り気が髪や肌に残っている気がする。

なぜあんな告白をしてしまったのだろう、といまさら後悔がよぎる。朔さんは洋館に帰るなり、「一香さんの話を聞かせて」と言った。

朔さんは椅子に深く腰かけ、足をオットマンにのせている。その伸ばした足がかろうじて見えるだけで、朔さんの表情も身体も椅子と一体化して黒々とした影になっている。けれど、朔さんが私をじっと見つめていることはわかった。嗅覚で、見ている。私から発せられる匂いを。

「はじめて朔さんから電話をいただいたとき、一瞬、兄からかと思いました。もう、死んでしまった兄があの世から私にかけてきたのかと、覚悟を決めてでました」

「覚悟」と深い声が言った。あの晩と同じ、落ち着いた紺色の声。そして、吸い込まれそうなくらいの沈黙が続く。電話ごしに伝わってきた静けさと同じだった。その空気をゆっくりと胸に満たす。

「どうして覚悟なの？」

「私が兄を見捨てたからです」

「さっきも言っていたね」

声からは感情を読み取れない。壁の棚に並ぶ無数の香料の瓶がぼんやりと光っている。わずかに外があかるい。昼間は閉めきられているこの部屋のカーテンは、日が落ちてから開かれる。朔さんの手によってあらゆる香りへと変化する瓶たちは、青い月の光の中でひっそりと眠っている。

「二度、見捨てました」

誰にも話したことがない過去を、私は伝えようとしていた。まるで傷の見せ合いをする子供みたいだとうっすら思う。違うのは私たちの間には高揚はなく、傷を共有できるかもしれないという昏《くら》い期待もないことだった。

私では朔さんの孤独は深いところまで理解できないし、癒す言葉も見つけられなかった。せめて、嘘で損なわれた朔さんの前では、嘘のない人間でいたいと思った。だから、こうして秘密を差しだすことしかできない。

「一度目は兄が中学生のときです。兄とは三つ歳が離れていました。けれど、年齢以上に距離がある人でした。小さい頃から」

「距離」

ゆっくりと朔さんがくり返す。慎重に言葉を選ぶ。

「頭が、とても良かったんです。小学校低学年のうちから将棋で父や祖父を負かしたり、ちょっとした計算が異様に速かったり、本も一度読めば記憶していました。親族から天才だ神童だともてはやされて、父の仕事のコンピューターなんかを触らせてもらっていました。小学五年か六年の誕生日にはパソコンを買ってもらってましたね。私は触らせてもらえませんでしたが」

「面接時にパソコンは使えませんと言っていたね」

「はい、私はそういうのに本当に疎くて。兄は私とは違う、特別な子だったんです。でも」

唾を飲む。舌先で舐めた唇が乾燥していて、海風にさらされたせいか、かすかにしょっぱく感じた。いつもは薬草系の甘いリキュールを棚からだしてくれるが、今日の朔さんは椅子から動こうとしない。

「兄はちょっと神経質なところがあったんです。予定外のことや自分のペースを乱されることにとても弱かった。物の置き場所がほんの少し変わるだけで癇癪《かんしゃく》を起こし、集中力が乱れてしまう。幼い私の手が汚いと言って、突き飛ばされたこともあります」

傷ついたか、なんて朔さんは訊かない。なのに「そういう人だと思っていました」と弁解するように言ってしまう。
「だから、それがどんどん過剰になっていっても私たち家族は気がつかなかったんです。いえ、気がついていても、特別な子だから仕方ない、と特別であることの証のようにして兄の好きにさせていました。家は兄にとっての楽園だったでしょうね。でも、学校は違いました」

兄の我がままや潔癖が一層ひどくなったのは中学に入ってからだった。家族の誰もがその理由を中学受験の失敗にあると思っていたが、腫れ物に触るようにして決して口にしなかった。その辺りから父はあまり家に帰ってこなくなった。兄への期待や興味が両親の間でしぼんでいったのは、まだ小学生だった私でもわかった。ちょっと絵がうまいだけの普通の子だった私は、もとより期待などされていなかった。私は兄が自分と同じになったと喜んだのだろうか、ざまあみろと嘲笑ったのだろうか。目が合うと、よく蹴られたことを覚えている。私を蹴る兄の顔は青白く、ぶ厚いレンズの眼鏡で表情はよくわからなかった。兄はどこで覚えたのか、腹や背中といった痣《あざ》になっても見つかりにくい場所を蹴った。

ある日の下校時だった。日はもう暮れはじめていた。友人と別れ、団地のそばの公園を通りかかったとき、笑い声が聞こえた。まだ幼さを残した、耳にひっかかる男子たちの笑い声。反射的に身がすくむのがわかった。早足で行きすぎようとするのに、目がちらちらと様子をうかがってしまう。ジャングルジムを囲んで大声で笑う彼らの制服に見覚えがあった。公園には彼ら以外ひと気はなく、誰かが忘れていった小さな黄色いスコップが砂場に転がっている。「跳ーべ！　跳ーべ！」と彼らは顔をあげて囃《はや》したてる。ぴゅう、と長くのびた口笛にびくりとする。ジャングルジムの上へ走らせた目が止まった。

見覚えのある制服姿の、兄がいた。けれど、下半身はなにも穿いていない。目を背けたくなるような頼りない細い太腿が、寒々とした公園に白く浮かんでいる。兄は片手で陰部を隠しながら、ぐらぐらと不安定な姿勢でジャングルジムにしがみつくようにして立っていた。遠目にも震えているのがわかった。囃したてる一群の一人が兄のズボンらしきものをふりまわす。「さっさと跳べよ！」と声がかかり、笑い声がどっとおきる。兄の両脚ががくがくと崩れそうになる。

ふいに、眼鏡が夕日を反射して光った。目が合った気がした。

顔をそらした。うつむき、地面だけを見つめて、足を無理やりに動かした。走ったら見つかる。そんな気がして、息を殺して歩いた。兄を罵り、蔑み、嘲笑する声を背後に聞きながら。見なかったことにするのが、せめてもの兄への慰めだと思った。好きだと思ったことはない肉親だったが、それでも家族だったから。

両親には言わなかった。父は月に数回しか顔を見なくなっていたし、母も働きはじめて忙しそうだった。兄は私を蹴らなくなった。目をまったく合わせなくなったのだと気づいたのは、兄が学校に行かなくなってからだった。

兄は部屋から出てこなくなった。内側から鍵をかけ、母が泣いても懇願しても返事すらしなかった。カーテンを閉めきり、ときおりドアの隙間からもれるのはパソコン画面の人工的な青白い光だけ。キーボードを打つ規則的な音とマウスのクリック音、廊下に置かれた空の食器、そんなものだけが彼の生きている証になった。学校で問題があったみたいなの、と母は私に言った。知っている、と思ったけれど、言えなかった。母の旧姓である若宮に苗字が変わることもそのときに聞いた。父は会社の女の人との間に子供ができたそうだ。家は私たちのものだけど、父はもう私たちの父ではないのだと、母はたんたんとした口調で言った。母は働かなければいけなかった。だから、家のことのすべてを私に打ち明けた。そうして、外へ出ていった。ドア一枚を隔てて、兄の様子をうかがうのは私の仕事になった。

けれど、私は兄に声をかけることができなかった。あのとき、公園で見た光景がよみがえって、なにを言えばいいのかわからなくなった。お前はあのとき見捨てただろう。そう言い返されるのが怖かった。そう、私はあのとき、兄から逃げたのだ。彼の恥ずかしさを一緒に背負うことを拒んだのだ。深夜にごそごそと家の中を動きまわる気配を感じると、布団をかぶって目と耳をふさいだ。兄は出会ってはいけない幽霊のような存在になった。

「それから？」と朔さんが言った。かすかに椅子が軋み、暗い部屋に機械音が響いた。空調機がにぶく唸り、やがて暖かい空気が流れてきた。自分の手足がすっかり冷たくなっていることに気づく。

「幾つになっても兄は部屋から出てきませんでした。母は通信教育を受けさせようとしましたが、それも途中でやめてしまって。私は中学、高校と何事もなく通い、短大進学を機に実家を離れて寮に入りました。兄のことを隠したまま」

親身になってくれるさつきちゃんにも兄の存在を話したことはない。死んだときですら。短大在学中に恋愛もした。けれど、その恋人にも兄のことを話せなかった。私は薄情な妹だった。実家ごと兄をなかったことにして、違う人生をはじめたような気になっていた。

「兄はどんどん普通の食事がとれなくなっていったようです。手作りのものは残して、袋菓子や菓子パン、インスタント食品ばかりを食べていました」

電話口で、母は兄の健康を気遣っていた。私はおざなりな相槌を打ちながら、あの部屋にいるかぎり健康であろうがなかろうがなにも変わらないと思っていた。母との会話は憂鬱だった。いつも暗黙の「いつまで？」が私たちの間に浮かんでいた。兄はいつまで部屋にこもるのだろう。私たちはいつまで兄の面倒をみなくてはいけないのだろう。

「就職も決まり、書店員として働きはじめて三年が経った頃、深夜に電話が鳴ったんです。一瞬、悪戯電話かと思いましたが、よく見ると実家の番号でした。母はいつも携帯からかけてきたし、そんな遅い時間に電話してくることもなかったんです。ふと、兄のことがよぎりました。けれど、兄とは十年以上話していませんでした。どこかで、なにをいまさらという気持ちがあったのかもしれません。私は電話にでませんでした。電話はしばらく鳴り続けていましたが、やがて静かになりました」

息を吐く。暗い部屋の片隅で兄が私をじっと見つめている気がした。「朔さん」と呼ぶと、椅子の軋む音がしてスタンドの明かりが床に落ちた。

「もう、やめる？」

ほとんど足音をたてずに朔さんが近づいてくる。首を横にふる。「わかった」と白い手がそっと私の髪を撫でた。また椅子へと戻っていく。

「次の日、母にメールをすると出張中だと返事がありました。その日は早番で、店を出ると

実家へ向かいました」

すいた電車の車内が奇妙にまぶしかったことを覚えている。昼過ぎまで降っていた雨は、

駅に向かうときには止んでいて、電車に乗っているうちに灰色の雲間から太陽が覗いた。にわかにざわめきはじめた乗客たちの目線を追うと、空の端には虹がかかっていた。ひどく美しいのに、なぜか背中がぞくっとした。

ひさびさの実家の玄関は想像以上に古びていて、靴を脱ぐためにしゃがむと黴の臭いが鼻をかすめた。廊下は昔よりぎしぎしと鳴った。居間にも台所にも人の気配がない。兄はここまで気配をなくすようになったのかと重苦しい気分になった。ため息をつきながら階段を上る。とん、とん、と一段ずつ。二階の床と目線が同じになったとき、足が凍りついた。

部屋のドアが開いていた。私の部屋かと思ったが、違う。隣の兄の部屋のドアが、三分の一ほど開いている。暗い廊下にパソコン画面の青白い光がもれ、そこに二本の細い影が伸びていた。いまにも消えてしまいそうな薄い色の影だった。

もう一段、上る。ドアの奥に指が見えた。裸足だ、と思う。もう一段、歩を進めて、二本の足が宙に浮かんでいることに気づいた。親指をつたって液体が垂れている。なにをしているんだろう、と私は思った。ほんとうに、わからなかったのだ。ドアの隙間から兄の全貌を

見るまで。

「首吊りでした。電気のコードを使って。正直言って、私にはそれが兄なのか判断がつきませんでした。涎《よだれ》を垂らし、顔をむくませた、まったく知らない男性に見えました。知らない人が勝手に私たちの家に入って、勝手に兄の部屋で首を吊ったようにしか思えませんでした」

そんなことを思っていたのか、と喋りながら他人事のように自分を見ていた。はじめて言葉にした出来事は思った以上にするすると私の唇を動かしていた。

「でも、兄でした。私の。あれが私の兄でした。深夜に電話をかけてきたのも、兄だったようです。母が万が一のときのために家族の連絡先を冷蔵庫に貼っていたんです。私は、二度、兄を見捨てたんです」

朔さんはしばらく黙っていた。部屋にただよう私の言葉をゆっくりと吸い込むように。もうなにも言わないのかと腰をあげかけたとき、「後悔しているの」と尋ねてきた。

「わかりません」

正直に答えた。

「お兄さんを待っているの」

なんと答えたらいいか迷う。こうやって思い返してみても、私が知っている兄の姿はあまりにも少ない。

「兄がいなくなったことは理解しています。もう、あの家もありません。母は去年、再婚しました。兄が亡くなってからも私は今まで通りに働いていました」

「でも、一香さんは家にいたと言っていた。面接のときに」

「はい、そうです。一年経って、突然、仕事に行けなくなりました」

恋人とも自然に会わなくなってしまった。兄のように昼夜逆転の生活を送り、味の濃いインスタント食品や菓子パンを食べ続けた。将来への不安が恐怖や焦りとなって襲ってきても、頭がぼんやりしていてどこか遠いもののように感じていた。自分の心身が腐っていくのを他人事のように眺めていた。

「前に朔さんは私には気力がないと言いました。感情を抑制していると。こうしてすべてを話してもそうですか？」

「一香さんの経験は誰かと比べられるものではないから正直わからない。確かに、あなたは感情的な人間ではない。僕にはとてもありがたい。でも、それは生まれつきかもしれない。お兄さんのことで変わったのかどうかは僕には判断ができない」

「昔の私を知らないから？」

「そう」と朔さんは立ちあがった。いつもの冷静な朔さんだった。

「すっかり遅くなってしまった。新城に送ってもらおう。さっきから何度もこの部屋の前をうろうろしている」

まったく気がつかなかった。「僕は少し仕事をする」とドアをすっと開ける。

「なにか軽いものを作ってから帰ります」

そう言うと、「助かるよ」と微笑まれた。けれど、なにも言われなかった。兄に対する意見も同情もなかった。「話してくれてありがとう」もなく、ドアは私の背後で閉まった。

廊下の冷たい空気の中、自分がなにか優しい言葉を期待していたことに恥ずかしくなった。朔さんはただ話を聞いてくれただけで、それで満足すべきなのに。

小走りで階段を下りると、新城がダイニングテーブルに突っ伏していた。「長《なげ》えよ」と掠れた声で不満を言う。いったいどれだけ煙草を吸ったのか、離れていても臭いがした。

「寒いしよ」

「冷えてきましたね」

空調機がついているのは朔さんの仕事部屋だけだ。明日にでも納戸から暖房器具をださなくてはいけない。やることがあるのはありがたい。

「お茶淹れますね」

自分も飲みたくて言った。

「それよりなんか食いもん頼む。死にそう」と悲痛な声が返ってくる。

台所に行き、冷凍庫からパッキングした豆入りのミネストローネを取りだす。解凍している間に、保温効果の高い鋳物鍋に昨日作った茹で豚の余り汁を移す。人参とじゃがいもと玉葱の皮を剝いて入れ、火にかける。沸騰したら火を弱め、塊ベーコンとローリエの葉を数枚。あとは火にまかせて放置すればいい。人参に竹串が通るようになってから蕪《かぶ》をそっと沈める。ポトフを仕込む間に、冷凍ご飯をレンジで解凍し、ミネストローネに混ぜて軽く煮る。皿に盛ってチーズを削り、黒胡椒を挽き、簡単なリゾットを作って新城に運ぶ。作り置きの根菜ピクルスも添える。自分にはカモミールティーを淹れた。「あれ、あいつの？」

「サンキュー、一香ちゃん」とがっつきながら、新城はちらっと鍋に目をやった。

「はい、朔さんは冷凍したものはあまり好まないので」

新城の斜め向かいに座り、温かいマグカップを両手で包む。湯気を吸い込むと、こわばっていた身体がほどけていくのを感じた。

「あー、めんどくせえ奴。あいつが外食嫌いな理由、知ってる？　知らない人間の手の匂いがついてる食いもんは嫌なんだって。野生動物かよ。あと食器を洗うスポンジ。前に洗った皿の料理の匂いが残ってるとかうるせえの」

「ここでは食器とグラスでスポンジをわけてますからね。毎回、熱湯消毒もしていますし」

早食いの新城はあっと言う間に皿を空にして、スプーンをなげだす。酸っぱいものが得意ではないのかちまちまとピクルスをつつく。

「でも、一香ちゃんの手料理は食べるからな」

「知っている人間ですし、朔さんのレシピ通りに作っていますから」

「なんか甘いもんある？」と新城が立ちあがる。夜はいつもより背が大きく見える。影が濃いせいかもしれない。

「胡桃《くるみ》の入ったキャロットケーキがあります。でも、あまり甘くないですよ」

「もらうわ」と台所に入っていく。腰を浮かすと「いい、いい、それ飲んでなって」と遮られた。

「適当にやるから、飲み終わったら支度してきなよ。送るから。この鍋、煮とけばいいんだろ。見とくわ」

背中で言われた。まだ味を調えていなかったが、なんとなく近寄りがたく「はい」とつぶやくと、新城が低い声で言った。

「料理もだけど、あいつさ、仕事部屋や寝室に人を入れたことないんだよ」

顔をあげる。台所から黒い目が私を見つめていた。

「俺ですらね」

根菜が煮えるのどかな匂いがゆっくりとひろがっていく中、その言葉は硬い感触を残して胸に転がった。


「あの頭のおかしい美容師、覚えてる？」

ハンドルを切りながら新城は言った。「はい」と頷いたのに、「気に入った髪の女を監禁した奴ね」とたたみかけてくる。

銀色の鋭利な鋏がよみがえり、「覚えています」と強めに言う。あまり夜に思いだしたくない出来事だ。窓ガラスの向こうの暗闇につい目をやってしまう。森の中の道はヘッドライトが照らす範囲しか見えず闇に覆われている。今夜は月あかりすらない。

「まあ、捕まったけど」

　新城は慣れた調子で運転する。

「朔が奴にした質問どう思った？」

「え」

「聞こえていたんだろ」

　横顔は動かない。まっすぐ前を見ている。新城も聞いていたのか。脈拍が速くなる。朔さんのように人の嘘を見抜く嗅覚はないはずなのに、真面目な顔をした新城には朔さんと違った怖さがあった。

「確か……彼女を所有するのはどんな気分かと訊いていましたね」

「そうやって」

「え」とまた馬鹿みたいに新城を見てしまう。

「そうやって彼女を所有するのはどんな気分、だった。えらくこだわっていた。あいつは嘘をつかない。自分の欲求にも正直だ。だから、なんか気になってさ。しばらく経ってからなんであんなことを知りたがったのか訊いたんだよ」

　車は高級住宅街を抜けていく。控えめな街灯の中、しんと整った閑静な街には人一人歩いていない。作り物じみていて、少し薄気味悪かった。

「執着と愛着の違いを知りたい、と訊き返されたよ」

「執着と愛着……ですか」

「ああ、あんたに抱いている感情がなにか知りたいんだそうだ」

いつもの「一香ちゃん」が消えていた。

「今までいなかったタイプの人間だから、手元に置きたくなってるんだって。他の人間の匂いが付着するのも嫌らしい。けれど、あいつが固執しているのはあんたじゃなく、あんたの匂いなんだと俺は思ってる。あんた一度もひいたりせずに、すっげえ素直に言うことをきいただろ。なにからなにまで朔の与えるものを使って、食生活まで変えた。今のあんたの体臭は朔が作ったと言っていい。あの美容師が自分の客の髪を管理しようとしたようにさ……」

すっと血の気がひく。

「朔さんは違います」

思わずうわずってしまった声に新城がちらりと反応する。

「あいつが言ったんだ。あの美容師と僕にどういう違いがあるのか考えたってな」

信号で車が停まる。いつの間にか、周囲には車が増えていた。隣の車線のワンボックスカーに家族連れが見えた。兄と妹らしき子供二人は両親の座席にしがみつくようにして笑っている。遠い景色に思えた。

「朔はあんたに危害を加えるような奴じゃない」

ぼそりと新城が言った。自分に言い聞かすように。

「でも、あの美容師との共通点も残念ながらある。人は変わらないとどこかで思っていることだ。自分で選んだ人間は特に。だから、変わると動揺する。人は変わって当たり前だ。それが普通だ。あの美容師は変化を管理するためにああいうことをしたけど、あいつはあんたが変わればあっさり手を離す。そういう奴だよ」

信号が青になっていた。背後でクラクションが響く。新城が舌打ちをして、車を発進させた。色とりどりの街のネオンが溶けるように流れていく。

「だいたい、執着と愛着の違いがわからない時点で問題だ。頭がおかしくなりかかってる」

「……それは私のために言ってくれているんですか」

ささやくような小さな声で言ったのに、新城は「どうだろうな」とぶっきらぼうに返してくれた。

ここに無理してとどまらなくていい。そう新城は伝えたかったのかもしれない。仕事の相棒であり、幼少期からの友人でもある朔さんを心配しているのが一番の理由だろうけど。

でも、私は朔さんの仕事部屋の棚に並ぶ香料瓶のようになりたかった。その願望を今はっきりと意識した。洋館の一室で、朔さんの与えるたったひとつの香りを放ち、ガラス瓶に閉じ込められて、濁りのない透明な身体で朔さんの目にさらされていたい。このまま、ずっと。洋館から離れていきながらそんなことを思った。

初めて洋館に行ったときのことを、私は源さんに『注文の多い料理店』のようだと言った。あの童話のラストで狩人たちは危機一髪のところを猟犬に救われる。山の野生動物の注文をどんどん受け入れていけば、身ぐるみ剝がされて食われてしまう。それでもいいと、私はどこかで思っていた。そうすれば、空っぽになれると。

いったい、これはなんという名の欲望なのだろう。この欲望を嗅ぎつけたとき、朔さんは私が変わったと思うのだろうか。

そればかりが気になった。新城は私の家に着くまでもうなにも喋らなかった。私がシートベルトを外しているときに「キャロットケーキうまかったわ」とそっぽを向きながら言った。お節介を焼いてしまったことが恥ずかしいようだった。お礼を言って、車を見送る。車は打って変わったようなスピードをだし、瞬く間に見えなくなった。

アパートのドアを開けると、朔さんの寝室の香りがした。リネン用の洗剤も同じものを与えられていることに気づく。

ゆっくりと息を吸い、香りに身をゆだねた。

朔さんが白シャツの上にセーターを着るようになった。ざっくりと編まれた羊毛の、やはりだぼっとしたものだ。ストーブと羊毛の匂いは冬がきたことを実感させる。

海に近い街なので雪は滅多に降らないが、庭はすっかり茶色くなり、源さんは樹木園の見まわりばかりして暇そうに過ごしていた。料理に使うハーブもドライ中心になった。

ホワイトルーを作るために小麦粉をバターで炒めていると、チャイムが鳴った。まだ来客の時間まで三十分ほどあったはずだ。どうしよう手が離せないと慌てていたら、「嬢ちゃん、お客さん」と源さんの声がした。一緒に入ってくれたようで、数人の足音が響く。

「すみません、応接室がまだ暖まっていないのでこちらにどうぞ」と声をあげ、小麦粉が色づいたところで火を止める。

「いい匂いだな」と源さんが台所に入ってきた。

「今日はスターアニスとレモンの仔羊クリーム煮です。先日、瀬戸田のエコレモンを朔さんが大量に購入したので」

「そういえば、なんかいろいろやってたな」

「私もお酒を作ってみました」

源さんは軍手で抱えたアルミホイルの塊を鍋敷きの上にどさどさと置いた。

「今日のおやつに焼き芋はどうだ。ログハウスのストーブで作ったんだ」

「わあ、いいですね。ありがとうございます。バターつけて食べましょう」

「お、それはうまそうだな」

盛りあがる私たちの後ろで新城が「あー駄目、ぜんぜん鼻きかねえ」と濁音混じりの声で言った。げほげほと盛大に咳き込む。

「老人に風邪うつすんじゃねえ、馬鹿野郎」

源さんに叱りつけられ、新城が小さくなる。

「あの、お客さまは?」

新城のそばには誰もいない。

「ああ、応接室で待つってさ。常連だから」

咳を交えながら新城が言う。源さんが露骨に嫌な顔をして、自分の首の手拭いを押しつける。

「これで口塞いでおけ」

「げ、嫌だよ、ジジイのなんか」

「なんだと！」

騒ぐ二人を押しのけて、応接室へと向かう。ノックをして入ると、窓辺に立っていた女の人がふり返った。ひと目で、強い印象を受けた。黒のライダースでぴったりと身体を包んでいる。顎のラインでまっすぐに切りそろえられた黒髪には濡れたような艶があり、すらりと長い四肢はしなやかな肉食動物を連想させた。

いや、違う。連想させるのは匂いだ。彼女は優雅な獣のような香りを身にまとっていた。濃いアイラインのひかれた切れ長の目が私を見る。魅入られたら逃げられなくなるような、危うい気配があった。

「申し訳ありません。この部屋、寒いですよね」

視線をそらし、オイルヒーターの温度をあげる。玄関脇のこの部屋は一番冷える。ひざ掛けを持ってこようとすると、女の人がすっと私を指した。真っ赤な爪。

「怪我したの？」

想像よりずっと甘い声で女の人は言った。彼女が指す袖口を見ると、茶色く変色しかかった染みがついていた。

「いえ、たぶん……」

言いかけて、言葉がでてこなくなる。女の人の目が輝いていた。そこには、なぜか、昂奮があった。けれど、それは熱いものではなく、目の中では冷酷で無慈悲な冷たい炎がちろちろと燃えていた。

急に応接室の扉が音をたてて閉まった。女の人がはっと身構える。片手をドアノブに置いたままの朔さんが目を細めていた。

「違いますよ、仁奈《にな》さん。これは仔羊の血です。もうブーケガルニやスターアニスと一緒に煮込まれてしまっていますが。あなたは生肉のほうがお好きですすよね？」

仁奈さんと呼ばれた女の人は「相変わらず意地悪」と顔を背け、ソファに脚を組んで座った。「家畜の血なんかに興味はないの、知っているくせに」

朔さんはそれには応えず「おひさしぶりです」とだけ言った。

「ちょっと日本を離れていたから」

「そのようですね。体臭も少し変わりましたね。今日もレザーノートのものでいいのでしたらシナモンを少し強めにしましょうか」

「任せるわ」

そう答えるのを聞いて、彼女の香りは朔さんが作ったものだとようやく気づく。よく考えてみると、朔さんの作る香りを身にまとった人を見たのははじめてだった。ここを利用する人たちはたいてい秘密を抱えていて、ごく個人的な目的のために朔さんの香りを注文しているので実際に使用している姿を見ることは多くはない。

あらためて仁奈さんという女の人を眺め、ため息がもれそうになる。その独特な香りは彼女の魅力を見事に際だたせていた。朔さんはなんて凄い仕事をするのだろう。

「では、しばしお待ちください」と、朔さんが目で私を呼びながら廊下へ出ていく。後に従うと、扉を閉めて「あの馬鹿にスチームを」とうんざりした顔で言った。新城のことだ。

「鼻で仕事をしている調香師の家で風邪のウイルスをばらまくなんて理解できない、と伝えておいて」

「調合はどうしましょう」

「ユーカリ、タイム、ラングワート、レモンバーム、南天、マロウ、カラミント。精油はベルガモットとサイプレスで」

ひと息に言うと二階へと上がっていった。源さんと新城はダイニングテーブルで焼き芋を食べていた。源さんはストーブの上に自分のやかんを置いて京番茶を煮だし、新城は咳き込んでは芋のくずを散らしていた。「スチームしますよ」と声をかけると、新城は「ああ!?」と立ちあがった。

「朔さんの指示です」

「帰る」

「出入り禁止になると思いますよ」

新城がどっと椅子に腰を下ろす。鍋とやかんの両方に水をはり強火にかける。湯がわくのを待つ間、私もダイニングテーブルで京番茶をもらった。濃く煮だされた燻製のような香りは源さんによく合っていた。人は自分にぴったり合う香りを見つけると輪郭がくっきりするのかもしれない、と仁奈さんを思いだした。

「きれいな方ですね」

そうつぶやくと新城は苦い顔をした。派手な女性には目がないはずなのに。

「すげえ美人だが、あいつはヤバい」と声をひそめる。

「女優さんかモデルさんですか」

「いや、なんかのデザイナーだったはず。ただ、あいつの親族はあっち関係の人間なの。親父さんはでかい組の次期組長。だからまあ、逆らう奴はいないし、なにしようと自由でさ。なんでも揉み消せるしな。俺のことなんか足としか見ていない」

「なにを揉み消すんですか？」と尋ねると、新城はげほげほと咳き込んだ。掠れた声で「有名なんだよ」と言い、応接室のほうへちらりと視線をやる。

「あの女と寝ると血まみれにされるって」

袖の血を見たときの顔が浮かぶ。

「見た通りの色気と美貌だから男はほいほい寄っていくけど、無事だった奴がいない。ほとんどが病院送りだ。で、なにがあったか誰も喋りたがらない。最初は親父さんが手をまわしてるのかと思ったが、どうやらあの女がやってるらしい。そういう趣味なんだってよ」

「趣味？」

同時に首を傾げた私と源さんを新城はげんなりした顔で見た。

「喉が痛いってのに……めんどくせえな。ドSだってことだよ、人をいたぶるのが好きなんだよ。真っ赤に染まったマットレスがあの女の部屋から運びだされるのを見た奴がいる。吸血鬼とかいう噂もある」

「どうかねえ」と源さんが苦笑した。「まあ、お互い了承の上なんだろうさ、そういうことはさ」と鷹揚《おうよう》に流す。

「男と女の遊びにしては度がすぎてんだよ」

やかんが鳴ったので席をたつ。ほうろうの大きな洗面器に朔さんに言われたハーブを入れ、鍋でわかした熱湯を注ぐ。そこに精油を数滴垂らして、新城の前へ運ぶ。源さんが手伝ってくれた。新城の上半身を洗面器の上にかがませ、頭からバスタオルをかける。

「はい、口を大きくあけて蒸気を吸ってくださいね」

「うえー！　くっせえんだよ、これ！　あっち！」

バスタオルをかぶった新城がくぐもった声で叫ぶ。源さんが腹を抱えて笑う。「十分はそうしていてくださいね」と声をかけ、台所へ戻って生姜入りの紅茶を淹れた。

応接室へ入ると、もう朔さんは仕事部屋から帰ってきていた。眼鏡姿で香水瓶を白い箱にしまっている。ティーカップを置くと、仁奈さんは「ありがとう」と甘い声で言った。新城の言っていたことを信じたわけではないが、袖の汚れは折って隠した。仁奈さんは私に構わず話を続ける。

「今日はもうひとつ注文をお願いしたいの」

「はい」と朔さんが手を組む。部屋を出るタイミングを失い、盆を脇に抱えて朔さんのソファの横に立つ。行っていいという合図も、居て欲しいという合図もなかった。

「例の香りを」

かすかに朔さんの目が動いた。

「前にお願いしていいたわよね。そのときがきたら傷口の香りを作ってと」

「覚えています」

「好きな人ができたの」

仁奈さんは花が咲くように笑った。朔さんは静かに銀縁の眼鏡を外して胸ポケットに入れた。

「前も忠告しましたが、嗅げば慕る場合もあります。それが強い欲望であれば、あるだけ。抑止力にはならない可能性もあるんですよ」

お腹をすかせた子供に菓子の焼ける匂いを嗅がせるようなものだ、と朔さんは、以前、藤崎さんについて言ったことを口にした。愛する男性の肌の香りに狂い、事件を起こしてしまった女の人。

「つまみ食いしかねないって？　我慢できなくなって？」

仁奈さんは心底可笑しそうに口をあけた。育ちの良さを感じさせる、白く健康的な歯が見えた。

「あたしはあのひとを傷つけるつもりはない。心も身体もね。だから、お願いするのよ」

「でも、あなたは……」

「ええ、あたしは人の血が好き、傷口の匂いを嗅がなきゃ昂奮しない。そう打ち明けたとき、小川さんはあたしのいびつな欲望を否定しなかった。他の人みたいに病院へ行けとも言わなかった。その願望と生きていくためなら協力しますと言ったじゃない。どうして、そんな困った顔をしているの？」

思わず朔さんの顔を見てしまった。灰色がかった目はぼんやりとはせず、しっかりと仁奈さんの姿をうつしていた。

「困ってはいません。迷っただけです」

「迷うのは小川さんの仕事ではないでしょう。あたしの選択を尊重して」

その通りだった。それがいつもの朔さんのやり方だ。

「そうですね」と深い声が答える。「あなたの欲望を香りにして瓶に閉じ込めましょう」

「ありがとう」と仁奈さんは立ちあがった。

「これで、あたしは好きな人を傷つけずに済む」

そう言って、「ごちそうさま」と私を見た。微笑む顔はやはり妖艶で、女同士なのに心臓がはねた。もしかしたら仁奈さんの大切な人は女性なのかもしれない。朔さんは匂いで気づいているのだろうか。

「なるべく早く作ります」

まだ座ったままの朔さんが言った。「そうしてくれると助かる」と仁奈さんは目元で笑い、「失礼します」と深々と頭を下げて応接室を出ていった。すぐに隣室から新城の驚く声と仁奈さんの笑い声が響いた。

「彼女の送り迎えはあいつの仕事だ」と朔さんがやっと笑った。

「朔さん」と、もう冷えてしまった紅茶を下げる。

「仁奈さんの選択は嘘じゃないですよ。相手の人を傷つけたくない気持ちも、彼女が抱える欲望も、どっちも本当なんです。きっと。だから、秘密の香りを所有することで、どちらも成りたつようにしたいんだと思います。どうなるかはわかりませんけど」

朔さんはちょっと私を見上げて、すぐに目をそらした。

「倫理観のない獣のような生きものが人といることは可能なんだろうか」

「朔さん？」

訊き返すと、すっと立ちあがった。そのままぼんやりした目で動かない。うるさがられるかと思ったが、「あの」と声をかけてみる。話を変えよう。

「朔さん、この間のレモンでレモンチェッロを作ったんです。味見してもらえますか？」

「わかった」と変わらずぼんやりした目で朔さんは言った。「仕事部屋でいい？」

なんとなく目を合わすのがためらわれて、「はい、じゃあすぐに持っていきますね」と盆にティーカップをのせ、そそくさと応接室を出た。ダイニングテーブルには誰もいなかった。洗面器と丸めたアルミホイル、芋の皮が散らばっている。片付けているうちに気分が落ち着いてきた。

今日の朔さんはちょっとおかしい。朔さんはいつだって頼まれた香りを作ることに悩まない。それを本当に手に取るかどうかは依頼人の選択にゆだねる。たとえ、その先に破滅しか見えなくとも。そういう仕事をする人だった。最初はその態度が無責任や無情に思えて、戸惑ったりもした。でも、朔さんは揺らがなかった。そこにいつしか安心感を覚えるようになっていた。

翔くんのときのように、子供の頃のことでも思いだしたのかもしれない。

保存瓶の底に沈んだレモンの皮が入らないように気をつけて、とろりとした黄色い液体をワイングラスに注ぐ。ほんの数ミリだけ。朔さんの仕事部屋からリキュールグラスを借りてくれば良かった。

レモンチェッロは春の光を集めたような色をしていた。窓にかざすと、冬の寒々しい灰色の空をぎゅっと引き締めた。朔さんも元気がでるかもしれない。

片手にワイングラスを持って階段を上る。磨いたばかりの手すりが飴色に輝く。焦げ茶色のドアをノックする。「どうぞ」と紺色の声が応じる。

ドアノブの金属がひやりとした。ぐい、と開いたドアの奥は暗闇だった。

空気が揺れた。冷たいものが頬をぞわりと撫でた。

私は匂いの中にいた。

青白い、死の匂い。

足元の床でワイングラスが砕けて散った。

8
Last Note

この洋館で働きはじめて間もない頃、朔さんが言った。

――香りは脳の海馬に直接届いて、永遠に記憶される
けれど、その永遠には誰も気がつかない。そのひきだしとなる香りに再び出会うまでは。

あれは応接室だった。梅雨晴れの、弱く淡い陽光の中で、朔さんはソファに腰かけて、深い紺色の声で話してくれた。私は家具や窓枠にワックスをかけていた。古い木材のこっくりした光沢。手の中の汚れた布巾からはラベンダーの香りがしたはずだった。

覚えている。その穏やかな記憶にすがりつこうとした。

けれど、漆喰《しっくい》の壁にひびが入り、粉々になって散った。床にまだらな暖色の光を落とすステンドグラスも、階段手すりの装飾も、使い慣れた台所も、保存食や乾燥ハーブの並ぶ貯蔵庫も、緑の菜園も、香料の棚も、洋館のすべてがばらばらに崩れていく。

朔さん、と呼ぶこともできなかった。

木の床が抜け、私は暗い記憶の底に落ちた。

そこは薄暗く、パソコンモニターからの青く冷たい光だけがぼんやりと部屋の輪郭を浮き

上がらせている。埃とすえたような体臭、よどんだ空気。そして、かすかに薬品めいた青白い匂いがした。

目の前に発光する画面があった。子供が使う勉強机の上に、不釣り合いに大きなモニターがのっている。キーボードはところどころ英文字がかすれ、黒光りするマウスは巨大な甲虫のようだ。パソコンの稼働音が微弱な振動となって響いている。机の下や横にごちゃごちゃと置かれた四角い機械の箱たちが黄色や緑の点滅を宿していた。無数のコードが絡みあい、壁のコンセントに盛り上がるように繋がっている。

この部屋の時間は止まっているのに、電子機器だけが最新のものへと変化しながら生きていた。兄に稼ぎなどあるはずがない。母が与えていたのだろう。

期待して、甘やかして、目をそらし続けた結果が、背後にあった。幼い頃の面影もない、醜くたるんだ男が、涎を垂らしながらぶら下がっている。

ふり返れない。

この部屋で唯一存在感を放つパソコンを見つめたまま動けない。

後ろの抜け殻は兄ではなくて、青白く発光するこれこそが兄なのではないのか。兄は邪魔な身体を脱ぎ捨ててここにいるのかもしれない。そんな、非現実的な考えがよぎる。

モニターの中に虫のようなものが並んでいる。

無機質な文字。

兄の最後の言葉。

近づき、目を細め、机に手をつく。マウスに指先が触れた。冷たくも温かくもないプラスチックの感触がよみがえる。マウスがちかちかと悲鳴のような赤い光を発した。

次の瞬間、ぱっと画面が消えた。

文字が黒く塗り潰される。

喉の奥から悲鳴がもれた。

待って。

マウスを摑んでカチカチとクリックする。指先にざらつきを感じた。皮脂汚れだと判断して背中にぞわっと鳥肌がたつ。

画面は黒いままだ。

もう一度、叫ぶ。待って。待って。

消えてしまった。

兄の、兄の最後の——

「なにが消えたの」

静かな声がした。

気がつくと、私は朔さんの仕事部屋に立っていた。壁一面に香料やリキュールの並ぶ、カーテンに遮られた暗い部屋。穏やかな深海のような空気。

でも、違う。いつもとは違う匂いがあたりにただよっていた。鳥肌がおさまらない。

銀色のアトマイザーを手にした朔さんが私を見つめている。灰色がかった瞳は薄闇に溶け、白眼がやけにしらじらと浮いていた。

「私……いま、兄を……兄の部屋に……」

「この香りで思いだしたんだよ」

朔さんがゆっくりと片手を持ちあげる。銀色の容器が鈍く光を放つ。

「一香さんはパソコンが使えないんじゃない。これはパソコン周辺の匂いを再現したものだよ。静電気特有のオゾン臭に、機械に付着した埃が熱せられたときに生じる匂い、基板の洗浄に使う化学薬品の匂いなどを合わせている。どんなものにも匂いはあるんだよ」

「パソコンの匂い……」

「そう。意識はせずとも一香さんの身体はこの匂いを知っていた。そして、無意識に避けていたんだ。人はね、自分自身にも嘘をつくんだよ」

温度のない声で話しながら、アトマイザーのノズルをこちらに向けた。人差し指が動く。思わず、手が伸びた。朔さんの手を両手で押さえつける。ひやりと冷たい手だった。

自分で自分の行動に驚く。

けれど、身体があの匂いを拒絶している。もう嗅ぎたくない。もう思いだしたくない。どうしても手を離すことができない。どうしよう。頭が真っ白になる。さっきの記憶がまたよぎる。私はなにをした？　なにを叫んだ？

怖い。

そっと手の甲を撫でられた。はっと顔をあげる。

「大丈夫」と朔さんが言った。「もう、しない」

そろそろと、丁寧にほどくように私の手をのけさせる。身体から力が抜けて、床にへたり込んだ。

「……あの日、兄が首を吊った日。パソコン画面に文字があったんです。私が、触れて、消してしまった。兄の、兄の最後の言葉だったかもしれないのに」

朔さんは立ったままだった。紺色の声が降ってくる。

「それは遺書ということ？」

「わかりません……読めていないんです。読む前に消してしまった」

「一香さんが消したの？」

「たぶん……触れたら消えました。突然、画面が真っ暗になって、パソコンが動かなくなりました」

しばらく沈黙が流れた。

「どうしてだろう。あらかじめ時間がきたら消えるようになっていたのかもしれない」

首を横にふる。すべて、思いだした。

私はパソコンを再起動しなかった。業者に頼んで中を調べてもらうこともしなかった。母にパソコンがついていたことを知らせもしなかった。兄の最後の言葉が残っているかもしれないパソコンは、部屋にあった数少ない家具と一緒に廃棄された。

見たくなかったのだ。

部屋にこもり続け、知らない人のようになってしまった兄の、頭の中を、私たちに向けられたかもしれない言葉を知りたくなかった。

「いいえ、私が消しました。もう限界だったんです。勝手だと思いました。勝手に部屋にこもって、私たちを縛って、勝手に言葉を残していくなんて」

床の木目を見つめた。暗さに慣れてきた目に波のような模様がうつる。なだらかな曲線も黒い楕円も、兄の顔にはならない。彼の顔を覚えていないから。

「たぶん私は腹をたてていたんです。自分で死んでしまった兄に対して、憐れみも後悔もなかった。肉親を失った痛みも悲しみもなく、兄の気持ちを慮《おもんぱか》ることもできなかった。私と母だけのお葬式が終わって、時間がたっても、ずっと同じでした。なにも、わきあがらないんです。血の繋がった実の兄が死んだのに、なにも」

苦しい。吐きだすように言葉を続ける。

「でも、私だって兄の存在を隠していました。母のように養っていたわけじゃない。逃げていました。私も勝手だった。それなのに、疲れたふりをして、兄の最後の言葉を捨てた。私は、兄をなかったことにしたんです。そのことも都合よく忘れていたなんて」

「記憶を失うほどの罪悪感」

朔さんがつぶやいた。

「一香さんの心はそれに耐えられなかった。だから、記憶を閉じ込めて、感情を抑圧したんだ」

革靴が近づいてくる。丸みを帯びた、柔らかい羊革で作られた朔さんのお気に入りの靴。

「肉親の情なんて僕にもわからない。別に必要だとも思わない。でも、涙を流すだけが悲しみじゃないってことくらいはわかる。あなたの悼み方はきっとこれだったんだよ」

「悼み……」

「そう、喪に服していたんだ。心を閉じてね」

目の前に白い手が差しだされた。

「さあ、立って。破片が危ない」

そう言われてやっとレモンチェッロのグラスを落としてしまったことを思いだす。

「……朔さん」と顔をあげる。目が合う。灰色がかった、ぼんやりした目に包まれる。表情は優しい。口調も、私を支える腕も。

なのに、奇妙な違和感を覚えた。この部屋に残る香りのせいなのかもしれない。

「朔さん？」

目を覗き込む。なにかがそこにある気がして。

朔さんは静かに微笑んだ。暗い部屋でもよく見えた。朔さんの表情やしぐさのどんな小さな変化も私は見つめてきた。森や菜園や空を眺めるように、毎日、ここの暮らしの中で。

「タクシーを呼ぶよ」

すがるように見てしまった。頭はまだふらふらするのに、いまここを離れたくないと反射的に思った。

「もう一香さんは大丈夫。家に帰ったら身体を温めてゆっくり眠るといい。ここは僕が片付けておくから」

朔さんは私をうながして階下へ行くと、椅子に座らせ、すっとする香りの精油を嗅がせてくれた。頭痛を和らげるときに使うペパーミントだと言われたが、他の香りも混じっているような気がした。頭のもやはいくぶん薄くなったが、四肢はもったりと重くなった。

「朔さん」

声をかけても朔さんは目を合わせてくれなかった。台所へ行き水音をたてはじめた。数秒たってから、仁奈さんにだしたティーカップが流しに置いたままだったことを思いだす。壁時計の針は一時間も動いていないのに、ひどく昔のことに思えた。

一瞬で世界が変わってしまった。朔さんが作った、あの香りで。

私は大嘘つきだった。

朔さんに食器を洗わせるのも、仕事部屋で割ってしまったレモンチェッロのグラスも気になったが、身体を動かせなかった。

チャイムが鳴るより早く、「きたよ」と朔さんが気づき、タクシーに乗せられた。ドアが閉まるとき、「さようなら」と聞こえたような気がした。

アパートにつくと這うように階段を上がった。食欲はなく、身体は重かったが、朔さんに言われたようにユニットバスに湯を張った。膝を抱いて浸かり、バスオイルを垂らすと、ふわっと身体がゆるんだ。同時に視界がぼやけ、あふれるように涙が落ちた。湯に透明な波紋がつぎつぎにできていく。

嗚咽《おえつ》がもれた。込みあげてくる熱い息を吐きだしながら、きれぎれに「ごめんなさい」と呻いた。何度も、何度も。届かないとわかっているけれど、止められなかった。

記憶を消していたことに。悲しめなかったことに。話を聞いてあげなかったことに。ひどく後悔しているのに、ずっと背負っていた後ろ暗いものは軽くなっていた。

自分のしたことを思いだしても、もう私は自分を失わずにいられた。

――もう一香さんは大丈夫。

朔さんの言葉は正しい。じわじわと湯に溶けだすように、ゆっくりと兄が過去になっていくのを感じた。

そのことにも謝りながら、声がでなくなるまで泣き続けた。


次の日、腫れたまぶたに化粧水をたっぷりはたいて、家を出た。いまにも雪が降りそうな重い空の下、いつものバスに乗り、いつもの道を歩いて洋館へ向かった。

かじかむ指で鍵を開けると、洋館の中は息が白くなるほど冷え切っていた。

あちこちの暖房器具をつけ、台所へ行った。ダイニングテーブルにも、台所のテーブルにもメモがない。いつもなら朔さんが食べたい料理のレシピが用意してあるはずなのに。なにを作ろうか思案しながらやかんをコンロにかけて白湯を作った。やがて、階段を下りてくる足音がした。ひっそりとした朔さんの足音。

「おはようございます」

返事がない。台所から顔をだすと、ロングカーディガンを羽織った朔さんがダイニングテーブルの横に立っていた。

変に距離がある。あれ？　と思った瞬間、耳にかたい声が届いた。

「なぜ、きたの？」

え、と言ったつもりが、声にならなかった。私の口が間抜けにひらいただけだった。朔さんがふっと顔を傾ける。

「一香さんは自由だよ。もうあなたを縛るものはない」

「縛る……ですか？」

「昨夜はよく眠れたでしょう」

朔さんが微笑む。奇妙にきれいな顔だと思った。そんなこと思ったこともなかったのに。

どくんと心臓が鳴った。

「昨日、僕があなたにしたことの意味がわかる？」

「朔さんは私の記憶を……」

「僕はね」と遮られる。「ずっと、あなたの傷につけ込んでいたんだよ」

「つけ込む」

我ながら馬鹿みたいだと思いながらくり返す。朔さんがなにを言いたいのかわからない。

「ああやって、あなたの感情を解放することは容易だったのにしなかった。どうしてだかわかる？」

朔さんは私の返事を待たなかった。

「そのほうが僕には都合が良かったからだよ」

ぱきん、と頭の中でなにかが砕けた。前に、どうして私を選んだのかと訊いたことがあった。

――あなたの体臭はうるさくない。感情の浮き沈みが人より少ないから。

朔さんは迷いなく答えた。先日、新城も言った。

――あいつはあんたが変わればあっさり手を離す。

そうか、と思う。ひんやりとした諦めが手足を冷たくしていくのがわかった。朔さんはいつだって依頼者に選択させた。背徳の香りも、禁断の香りも、どんな欲望だって受け入れて香りを作ったが、最終的には依頼者に選ばせた。朔さんが拒絶したのは嘘だけだった。

昨日の香りは私のためではなかった。あれは朔さんの選択だった。なんて鈍いんだ、私は。

微笑みを浮かべたまま、朔さんが腕を組む。恥ずかしさで顔を見られない。目をつぶると、仕事部屋の整然と並ぶ香料の瓶が浮かんだ。朔さんのそばで静かに眠る香りたち。そのひとつに私はなれなかった。

「未使用の香水は光に当てない。変質してしまうから。暗く、静かな場所で、解放されるのをじっと待つ。一香さんはその時期だよ。変化してここを出ていく」

いつも通りの穏やかな声が鋭利な棘となって胸に刺さる。痛い。痛い。聞きたくない。

声をあげそうになって、唇を噛んだ。

この感情も朔さんに嗅ぎとられている。そして、その匂いは彼にとって不快なものなのだ。

すっと朔さんが胸ポケットから銀縁の眼鏡を取りだしてかけた。話が済んだ客の前でするしぐさだった。

朔さんはなにも変わっていない。私が変わっただけだ。

背筋を伸ばして、両手をそろえ、頭を下げた。

「ありがとうございました」

「こちらこそ」

ためらいもなく言う顔を、最後まで見ることができなかった。

朔さんはすぐに二階へと行ってしまった。私が用意した白湯には指も触れなかった。できる限り急いで持ち物をまとめ、洋館を出た。鍵をかけるか迷っていると、「今日はずいぶん遅いな、嬢ちゃん」と背後で声がした。ガラガラと車輪の音を響かせながら、源さんが門から入ってくる。手押し車は黒ずんだ落ち葉でいっぱいだ。森から菜園用の腐葉土を取ってきたようだ。

「今日は冷えるなあ。熱い粕汁なんか飲みてえなあ。牛蒡《ごぼう》と生姜がたっぷり入ったやつ。朔さん、嫌がるかな」

軍手で鼻をこする。冷たい風が吹いて、「うお」と首を縮めた。

ここの暮らしは、私以外は変化なく続いていく。源さんも、新城も、朔さんにとっては洋館と同じ日常の景色のひとつなのだ。私以外は。

「源さん、粕汁は作れません」

「やっぱ、ひなびた飯は嫌がるか。朔さん、ハーブ使ったもんばっか好むからな」

「違うんです。いままでよくしてくださってありがとうございました」

頭を下げると、さっと源さんの笑顔が消えた。

「どうした、嬢ちゃん」

手押し車を放って近づいてくる。笑わなくてはと思った。

「大丈夫です。もう、私はいらないんです」

「なんだって！　そんなこと言われたのか？」

源さんの顔が一瞬で赤くなる。私の肩を摑みかけ、汚れた自分の軍手に気づいてばつが悪そうな顔で両手をひろげる。自然に笑いがもれた。

「いいえ、朔さんはそんなことは言いませんでした。でも、間違ってないと思います。私は思いあがっていました」

どこかで淡い期待があった。さまざまな依頼者の人生を知り、言葉を交わし、食事をとり、お互いの過去を打ち明けあった。このままずっとそばにいれば、朔さんの理解者になれるような気がしていた。あの孤独な魂に触れられる日が来ると思っていた。

でも、前に彼は言った。理解者はいない、と。そんなものはきっと必要としていなかった。私では、駄目なのだ。

「光のない暗闇でも花が咲くのが見える人だと、源さんが教えてくれましたよね。世界の見え方が違う人でした」

「それはな……」と源さんが言いよどむ。

「大丈夫です。私の居場所はここではなかったんです。ただ、それだけ」

口にすると、脳に風が抜けたような心地になった。そう、それだけだったのだ。

「あの人は嬢ちゃんになにをしたんだ」

低い声で源さんが言った。責めるような口調にならないよう、ぎこちなく気を遣っているのがわかった。

「罰の香りを与えてくれました」

「罰」

「はい」と頷く。私が向き合わねばならなかった感情と過去。それを朔さんは思いださせてくれた。兄が恐れた外の世界で生きていくことが私の償いだ。

「私、ここがすごく好きでした。いまごろ気がつきました」

乾燥した冷たい風が吹いた。鼻の奥がつんとする。「源さん、ほら寒いから」もう行ってって行ってと笑って着ぶくれた背中を押す。

何度もふり返りながら、源さんは冬囲いの菜園へと消えた。最後までなにか言いたそうにしていた。

門の郵便受けに鍵を入れ、風の渦巻く森を後にした。

朔さんの元を去ったその足で、本屋へ行ってバイト情報誌を買った。売り場で棚の整理をしていたさつきちゃんには簡単に「任期満了したの」と告げた。さんざん疑われたけれど、朔さんとの間で起きたことは話さなかった。

いくつかの派遣会社に登録して、仕事の話があればなんでも受けた。イベントスタッフ、フードデモンストレーション、工場勤務、テレホンオペレーター。戸惑わない職場はなかった。どれもまわりについていくので精一杯で、仕事が終わると疲れきって泥のように眠った。それでも、つぎつぎに仕事を入れて無理にでも続けた。一日でも休んでしまうのが怖かった。また前のように部屋から出られなくなりそうで。

さつきちゃんが私の身体を心配するので、ときどき一緒に鍋をした。人と食卓を囲むと、朔さんたちとの日々を思いだし胸が苦しくなったが、笑って食べた。ちゃんと食べて、眠って、健康状態を保ちながら働く。洋館での毎日で学んだことだった。

「なんだか一香、顔がはっきりしたね」

発泡酒で赤くなった顔でさつきちゃんが言った。「うん、そう思う」と認めた。まだアルコールは少し怖かった。透きとおった白菜と鶏つみれをそれぞれの取り皿によそう。春菊は「やだ、苦い」と箸でよけられた。

「おいしいのに」と口を尖らすと、「よく食べるようになったよね」とさつきちゃんが湯気の向こうで目を細めた。

「生きるって決めたから」

「なにそれ」と笑われる。「一香はずっと生きてるじゃない」

まっすぐな言葉が胸を打つ。さつきちゃんは私が弱っているときも、逃げているときも、そして自分の知らないところで私が変わっていっても、ずっと笑って見守ってくれた。こういう寄り添い方があったのだ、と苦しくなる。

「ありがとう」

つぶやくと、視界がぼやけた。

「あれ、一香、泣いてる？」

さつきちゃんが取り皿から顔をあげる。

「ちょっと、酔っぱらったのかも」

へへ、と笑ってみせる。ぱたぱたと涙の粒が落ちて、ずっと洟《はな》をすすると、とまった気配がした。息を吐く。

「食べなー元気だしてー」

さつきちゃんが私の取り皿にどんどんよそう。ひとしきり無言で食べて、「そうだ、締めは雑炊にする？　中華麺？」と話を変える。さつきちゃんは「両方！」と元気に答えた。

「そういえば、店の前の広場にでっかいクリスマスツリーができたんだよ」

「懐かしい。あそこ毎年、クリスマスマーケットするもんね」

「うん、ホットワイン飲みにおいでよー」

赤ワインにブランデーを少々、レモンとオレンジと生姜のスライス、シナモン、クローブ、カルダモン、ナツメグ、オールスパイス、そこにローズマリーも入れる。すらすらとレシピがでる。朔さんは砂糖ではなく蜂蜜で甘さをつけるのが好きだった。

「クリスマスツリーといえば、もみの木のリキュールがあるんだよ。サパンていう」

「へえー、緑なの？」

「黄緑かな、透明で」

「おいしい？」

味を思いだそうとしたが、うまくいかなかった。香りも味も記憶の中で薄くなっていく。

「松脂《まつやに》みたいな味かな……すっとした感じの」

「なんか、まずそう」

「伝統的に作っている地方があるんだって。殺菌力があるみたい」

邪気を払うと信じられていたんだよ。朔さんの声がよみがえる。クリスマスリースの柊《ひいらぎ》だってそう。中世ヨーロッパでは魔物が部屋に入ってくるのを防ぐために、良い香りのする植物や花をドアや窓にかけたんだ。常緑の葉には生命力が宿っていると思われていた。我が家のリースはハーブで作ろうね。もう少し空気が乾燥したらポマンダーも作ろう。

ポマンダーと私は訊き返した。魔除けの香り玉だよ、と朔さんは微笑んでくれた。作り方は教わらないまま私は洋館を去った。

「魔除け」

さつきちゃんに聞こえないように小さくつぶやく。

ずっと朔さんの香りに守られていた。心地好い香りは緊張をゆるめ、頭痛やだるさを和らげ、病を退けた。香草やスパイスには抗菌作用があり、免疫力を高めるものが多くあることを、洋館を離れてから知った。

自然の香りに包まれた生活の中で、私の心身はゆっくりと健康を取り戻していったのだ。

もう、甘やかされる日々はおしまい。

「どうしたの？」

鍋の中を物色していたさつきちゃんが私を見た。

「ううん」と首をふる。「今度はトマト鍋しようか」

「なにそれ」

「魚介類を入れてブイヤベースっぽくするの。ハーブも入れて。パルメザンチーズふって食べよう」

「それ、いいね！」とさつきちゃんが歯を見せて笑った。

そのときはまだ菜園のドライハーブがたくさん残っていた。年を越し、まず化粧水がなくなった。それから髪のトリートメント、ボディソープ、衣類用洗剤、ハンドクリーム、乳液、シャンプーとシンプルなラベルを貼った容器が空になっていった。ひとつなくなる度に似た香りを探したが、どんなに成分表示を詳細に見ても同じ香りには出会えなかった。失うともう思いだせなくなるのに、違うということだけはわかるのだった。

けれど、その違いにも数日たてば慣れて気にならなくなっていく。当たり前に鈍感な嗅覚に安堵を覚えた。忘れられなかったら、きっといつまでも辛い。記憶にすがってしまう。永遠から逃れられない朔さんを想うと胸が軋んだ。

朔さんの香りが生活からすっかり消えた頃、春がやってきた。


慌ただしい春だった。倉庫での検品バイトに明け暮れているうちに、桜は早々に雨で散ってしまった。花見に行きそびれたさつきちゃんは文句を言っていたが、この機会に夏に向けてダイエットをはじめると決めたらしい。休みが合う日は散歩に行こうと私のアパートに誘いにくるようになった。

私はようやく月に六日ほどゆっくりと休みを取れるようになっていた。前は朝から晩まで部屋で過ごすと必ず悪夢をみた。そんな晩は朔さんに教わったカモミールを入れたレモネードを作った。ハーブの香りは深い眠りへと誘《いざな》ってくれた。暖かくなっていくにつれ、悪夢の割合は減り、冬のコートをクリーニングにだす頃には眠るのも怖くなくなった。

夜はときどき、朔さんを思いださせた。

仕事部屋の棚に並ぶ無数の香水瓶を眺め、なぜどれもガラス製なのかと尋ねたことがあった。

「中のものが変質しにくいし、不純物も見えやすい。あとは、金属やプラスチックと比べて匂いがないせいかな」

部屋の静けさを壊すまいとするように朔さんはそっと話した。

「ガラスには匂いがないんですか」

私がそう言うと、朔さんはぼんやりした目をした。

「うるさい夜とか、そこから見る世界はどんなものか想像するよ」

紺色の空気の中、透明なガラス瓶の底で眠る朔さんの姿を思い浮かべる。彼だけが知る、永遠を抱きながら。彼との時間を私はいつか忘れてしまうのだろう。私は記憶のひきだしを自在には開けられないから。

けれど、兄のことも、洋館で過ごした日々も、私の中の奥深くにきちんとしまわれているのだと意識すると、小さな安堵が胸に灯るような気がした。

天気の良い休日だった。洗濯機をまわしていると、さつきちゃんの笑い声がかすかに聞こえた。窓を開けると、まばゆい日差しと蔓薔薇の赤が目を刺した。

垣根の横でさつきちゃんが大家さんと喋っている。ときどき、大声で笑う。最近、二人は仲が良い。背の丸い大家さんの紫色の髪とさつきちゃんのアッシュブルーの髪は、歳の差はあれど奇妙な連帯感を生むようだった。

さつきちゃんが私に気づいて手をふってくる。

「洗濯もの、干してからでいい?」

声をかけると、「ぜんぜん!」と溌剌とした声が返ってきた。ダイエット中のさつきちゃんは家にいたがらない。外にいるほうが空腹がまぎれるのだそうだ。すぐに私から目をそらし、大家さんの蔓薔薇の手入れを手伝いはじめた。

トーストとマーマレードで簡単な朝食を済まし、洗濯ものを干してアパートの階段を下りる。蔓薔薇が盛りだ。鮮やかな赤に目がくらむ。しばし見惚れる。

とめどなく喋り続けていたさつきちゃんと大家さんが急に黙った。顔を寄せ合って垣根の向こうを見ている。

「さつきちゃん？」

呼ぶと、声をひそめて「なんか借金の取りたてみたいな奴がいる」とふり返った。垣根に近づいて蔓と葉の間から通りを見る。

道の反対側に、黒いシャツにジャケット姿の男が立っていた。身体を斜めにしてアパートを見上げる姿に見覚えがあった。「新城」と声がもれる。わざとらしくアパートの入り口をほうきで掃いていた大家さんとさつきちゃんが同時に「え」と私を見る。

背伸びして垣根から顔をだす。新城は私に気づいて、ポケットに手を突っ込んだまま大股でこちらへやってきた。尖った靴に、細身のパンツ、黒ずくめの影のような男が、肩を交互に突きだすようにして歩いてくる。どこからどう見ても夜の世界の住人にしか見えない。布団を叩く音が響く住宅街にはまったく似合わない。

ふと、洋館を訪ねてきた依頼人たちを思いだした。彼らも闇や非日常を抱えていた。その気配が新城のまわりにただよっている気がして懐かしくなった。

「よう、元気にしているか」

蔓薔薇のアーチをひょいとくぐって新城がアパートの敷地内に入ってくる。大家さんが露骨に嫌な顔をする。「友人です」と絶対に信じてもらえない紹介をしたが、やはり表情は軟化しなかった。

新城からは煮つめたような煙草の臭いがした。こんなにもきつかったのかと驚く。知らず慣れてしまっていたのかもしれない。

吸っていいか確認もせずに新城が煙草を咥える。「禁煙だよ！」と大家さんがすかさず怒鳴ると、肩をすくめた。

「どこか吸える場所にいきますか」

「いや、いい。すぐ済む」

そう言いながらも新城は話しだそうとしない。未練がましく口の端で煙草をぶらぶらさせている。

「朔さんは元気ですか」

新城が二重の目でぎょろりと私を見た。

「いや」

「え」

「って言ったら、あんた帰ってくんの？」

視線がぶつかる。黒い目に覗き込まれる。

「気になるなら見にいけば」

言葉を探していると、「悪い」と顔をそむけた。「元気かどうかわからねえ。まあ、いつも通りだ」

かすかに落胆する自分がいた。気づかれないように息を吐く。

「ただ、あんたがいなくなってから妙に素直だけどさ。あの根性悪が嫌味も言わず黙々と仕事をしてる。俺は助かるけどな」

「そうですか」

さつきちゃんと大家さんは蔓薔薇の手入れに戻っていた。

「爺さんが寂しがってるぞ」

「ああ、源さん」

「しばらくぶつぶつ言ってたな。あの屋敷はあんたに譲るつもりだったのにって。あんな馬鹿でかい骨董品もらっても困るよなあ」

ぎゃははと新城が笑い、煙草が地面に落ちた。「あーあ」と億劫《おっくう》そうにしゃがむ。

「え、譲るって……」

「知らねえの？　爺さん、あの屋敷の所有者だぞ。もうとっくの昔に引退したけど、明治から続くでっかい製薬会社の社長だったから」

「知りませんでした」

「そら、そうだよな。いつも汚ねえ手拭い巻いて庭うろうろしてるもんな。でっかい屋敷は落ち着かないんだってさ。屋敷は朔の好きに使わせて、自分は二間しかないボロ屋で暮らしてるよ」

煙草を弄《もてあそ》びながら新城が「ったく、変人ばっかだよ」と掠れた声で笑った。「なあ」としゃがんだまま私を見あげる。

「朔を許してやってくれよ」

意味が摑めない。そろそろと私もしゃがむ。耳元で蜜蜂が唸って、消えた。

「私は解雇されたんですよ」

「あー」と、新城はがしがしと黒い髪を掻く。

「俺が余計なことを言っちまったからな。あんたは素直すぎるよ。なにも疑わず言葉通りに受け止めてさ」

「どういう意味ですか」

「執着と愛着の違い。あんた、わかった？　俺さ、結局あいつにこう言ったの。相手が嫌がっても手離さないのが執着だって。愛着はちょっと穏やかすぎて俺にはうまく説明できねえけど、執着はもう自分しか見えなくなっちまっている状態だって。お前の鼻なら相手が嫌がっているかどうかわかるだろって」

堪え切れなくなったのか、煙草に火をつけて、長く煙を吐く。

「でも、それってさ、いつかあんたに嫌われる可能性があるって気づかせちまったんだよね」

「そんなの……」

「そうだよ、そんなの、当たり前だよ。けど、あいつはそんなに成熟した人間じゃなかったんだよ。たぶん、あんたに思春期のガキみたいな意地悪をしたんだろ」

新城は早口で言った。

「あの、ちょっと意味が」

「あいつが人にちょっかいをだすのは初めてなんだよ。人の願望は叶えても、自分からなにかをするなんてことはなかった。他人に興味がないからな。でも、あんたになにかしたんだろ。たぶん、後悔してる。あいつは初めて人間らしい矛盾を抱えたんだよ」

小石をつまんで投げる。アパートの灰色の壁がコツと音をたてた。また投げる。

「続きは本人から聞け」

新城は勢いよく立ちあがると、さつきちゃんたちのほうへ大股で歩いていった。

「おい、ばあさん、ここの薔薇一本くれよ！」

「誰がばあさんだ、このチンピラ！　大声ださなくても聞こえてるわ！」

間髪を容れずに怒鳴り返された新城が小さくなる。さつきちゃんがいい気味とばかりに高い声で笑う。なんだかんだ馴染んでいる新城が剪定鋏を片手に戻ってくるのをぼんやりと眺めた。

「ほれ」と手渡してくる。金属の重みと冷たさに我に返る。

「あんたが選べ」

「なにをですか」

「薔薇を一本切るだけでいい。俺が届けてやるから。朔なら気づくだろう。ここの薔薇なんだろ、あんたが面接に来た日に持っていたのは」

そうだ、思いだした。この薔薇を一輪、鞄に入れて坂を上った。香りが弱い薔薇なのに、朔さんはすぐに見つけた。笑いがもれる。

「そうでしたね、あのときは体臭を指摘されました」

「ほら、さっさと切れ」

せっかちな新城が急かす。またあの日をやり直すのか。朔さんに雇われて、洋館で働く。穏やかな日々が再びはじまる。願ってもないことだった。けれど。

「新城さん」と鋏を下ろす。「やめておきます」

「はあ!?」

新城が呆れた声をあげた。

「なんで」

私は黙って微笑んだ。

「お前なあ、素直なのか頑固なのか、いい加減にしろよ」

私に背を向けて蔓薔薇を摑む。鋏の刃に反射した日光がきらめいた。

白昼夢をみた気がした。色の薄い短髪に、白いシャツ。猫のような身のこなしの男性が、赤く染まったアーチをするりと抜けた。

「その必要はない」

深い紺色の声が静かに響いた。新城の動きが止まる。

「お前……」

「人の部屋にしのび込んで勝手に机をあさって、どうしてばれないと思うんだ。何年、僕と一緒にいる」

「一香ちゃんの履歴書しか見てねえよ」

おどおどと新城が視線をさまよわす。朔さんが一瞬、目を細めて、「ふ」と短く笑った。

「騙されたのは僕か。わざと匂いをつけたな」

新城が口の端をゆがめた。

「何年、一緒にいると思ってんだ。でも、予想より早かったな」

「驚く演技が下手すぎる」

はいはい、と新城が煙草を片手に背を向ける。朔さんは大家さんに会釈した。

「お騒がせしました。見事なクリムゾンスカイですね。うちの庭師にもぜひ育て方を教えてあげてください」

大家さんは気圧されたように「あ、ああ、構わないけどさ」と頷く。あんた誰、と目が言っているが、訊けないようだ。

「ありがとうございます。お礼といってはなんですが、情報をひとつ。ここはペット禁止物件ですよね。一階の奥部屋の方、フェレットを飼っていますよ。若干、飼育環境が悪い。動物のためにも一度チェックしてあげてください」

大家さんのつぶらな目が見ひらかれる。

「フェレットってイタチかい？」

「まあ、近いですね」

「ちょっとあんた一緒に来て！」と、大家さんは新城の腕を摑むと引きずるようにアパートのほうへ行ってしまった。「え、なに、いきなり」とさつきちゃんが目を丸くしている。

「ご友人の方ですか」

微笑む朔さんにさつきちゃんがびくりと身構える。

「あなたは柔軟剤の量を間違えています。その体臭は柔軟剤や香水では消せません。酸っぱいような臭いが気になっているんでしょう。炭水化物を摂っていないせいです。合わないダイエットはやめたほうがいい。その臭いはケトン臭といって飢餓状態のサインです」

さつきちゃんがばっと飛び退く。「一香、ちょっとなんなの、この人！」と叫びながら、自分の腕の匂いをしきりに嗅ぐ。

「この人は……」

しばし考える。調香師で、元雇い主で、どこを見ているかわからない灰色の目をした特別な嗅覚の持ち主で、私とは違う世界に生きる人だ。

深紅の薔薇を見上げる。息を吐いて、「さつきちゃん」と口をひらいた。

「ちょっと話してきてもいい？」

朔さんはまぶしそうな顔で私を見ていた。


陽のあたる住宅街を歩く。

どこかの家からテレビかラジオの音が小さく聞こえて、子供のはしゃぐ声が通りに響いた。

朔さんの鼻は私が聞こえているよりずっと、たくさんの生活の情報を拾っていることだろう。

「調香師の喜びのひとつにね」

朔さんがゆっくりと言った。懐かしい、紺色の声。二人きりで話すとき、それはいっそう深まったことを思いだす。

「街で自分の作った香りに出会うこと、というのがあってね。たくさんの人に愛され、歴史に残る香りを作ることが調香師の誇りになるらしいんだ。僕は昔からよくわからなかった」

朔さんがちょっと横にそれる。自転車に二人乗りをした学生たちが横を通りすぎていく。

「自分が作った香りがね、不特定多数の人間の体臭と混じってひろがっていくことが、そんなに楽しいとは思えなかった。だから、企業を辞めて、オーダーメイドで秘密の香りを作るようになったんだ。依頼人の体臭は知っているから、自分の作った香りが想定外の変化をすることはない」

やわらかい風が朔さんの前髪を揺らす。日差しがまぶしくてよく表情が見えない。でも、声は穏やかだったので、黙って次の言葉を待った。

「僕はおそらく変化が苦手だ」

数秒、間があく。

「変わらないものが欲しいんだと思う。他人のどうしようもない秘密は、僕の記憶と一緒で永遠だった」

「それでも」と言う。「朔さんと秘密を共有することで救われた人たちはいます」

朔さんが微笑んだ気配がした。ため息のように寂しげに。

「一香さんはいつか僕から離れていくと思っていた。あなたが僕を厭わしく思ったり、美容師が監禁した女性のように怯えた匂いを放つようになるのが嫌だった。そんな匂いが永遠に遺ることが僕は恐ろしかった。だから、変化を止めたんだ」

「朔さん」

私の言葉を遮って、朔さんは「でも」と言った。

「あなたがいなくなってから紅茶の味が違う。香りは変わらないのに」

短い髪が陽に透けてきらきらと輝く。なにを見つめて、なにを嗅ぎとっているのか私にはわからない。けれど、この横顔を何度も何度も思いだした。

「こんな変化を僕は知らなかった」

「朔さん」と、もう一度言った。今度は遮られなかった。

「私は嘘つきなので、変わらないなにかを約束はできません。それでもいいのなら、紅茶を淹れますよ」

目が合った。灰色がかった目はちゃんと私を見ていた。

「友人として。あの洋館に遊びに行きます」

かすかに息を呑む気配がした。それから、ゆっくりと、朔さんが笑った。子供みたいな顔だと思った。「ありがとう」と小さくつぶやくと目をとじて言った。

「一香さん、また新しい薔薇が咲いたよ」

初出
「小説すばる」二〇一八年七月号〜二〇一九年二月号
単行本化にあたり、「朔の香り」を改題いたしました。

ガラス作品　松本裕子
写真　中村早
装丁　大久保伸子

千早茜（ちはや・あかね）

一九七九年、北海道生まれ。二〇〇八年『魚神』で小説すばる新人賞を受賞し、デビュー。翌年、同作にて泉鏡花文学賞を受賞。二〇一三年『あとかた』で島清恋愛文学賞を受賞。同年に『あとかた』、二〇一四年に『男ともだち』でそれぞれ直木賞候補となる。その他の著書に『正しい女たち』『犬も食わない』（クリープハイプ・尾崎世界観との共著）『わるい食べもの』『神様の暇つぶし』『さんかく』など。

透明《とうめい》な夜《よる》の香《かお》り

二〇二〇年 四 月一〇日 第一刷発行
二〇二三年 二 月二一日 第七刷発行

著 者 千早《ちはや》 茜《あかね》
発行者 樋口尚也
発行所 株式会社集英社
〒一〇一 - 八〇五〇
東京都千代田区一ッ橋二 - 五 - 一〇
電話 〇三 - 三二三〇 - 六一〇〇（編集部）
〇三 - 三二三〇 - 六〇八〇（読者係）
〇三 - 三二三〇 - 六三九三（販売部）書店専用

印刷所 凸版印刷株式会社
製本所 株式会社ブックアート

定価はカバーに表示してあります。

ISBN978-4-08-771703-7 C0093

千早茜の本

魚神《いおがみ》

遊女屋が軒を連ねる小さな島。美貌の姉弟は引き裂かれ、
姉は女郎、弟は男娼を経て薬売りとして生きている。
二人の運命が島の「雷魚伝説」と交錯し……。
小説すばる新人賞・泉鏡花文学賞受賞作。（集英社文庫）

おとぎのかけら
新釈西洋童話集

「白雪姫」「シンデレラ」「みにくいアヒルの子」……
誰もが知っている西洋童話をモチーフに紡がれた、
耽美で鮮烈な現代のおとぎ話七編。
恐ろしくも美しい短編集。（集英社文庫）

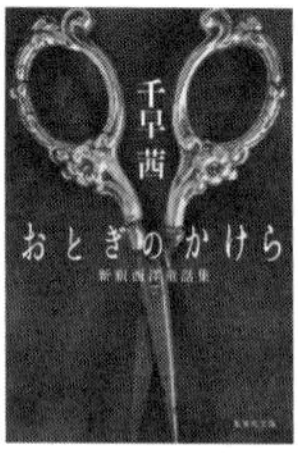

あやかし草子

古い都の南、近づく者のいない朽ちた楼門の袂で笛を吹く男。
彼の前に現れた鬼が、ある提案をして……。
民話や伝承をベースに、この世ならざる者たちの姿を
繊細な筆致で描く短編集。（集英社文庫）

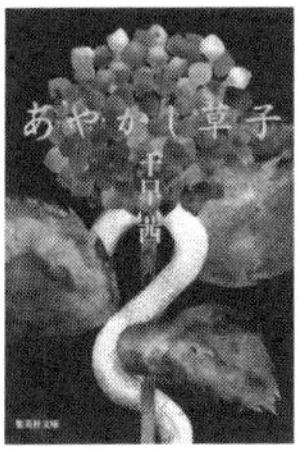

わるい食べもの

「食」をテーマに、著者の幼少期の記憶から
創作の裏側まで多彩につづる初のエッセイ集。
グルメ情報が氾濫する今だからこそ、
「わるい」を追求することで食の奥深さを味わう意欲作。
（ホーム社単行本）